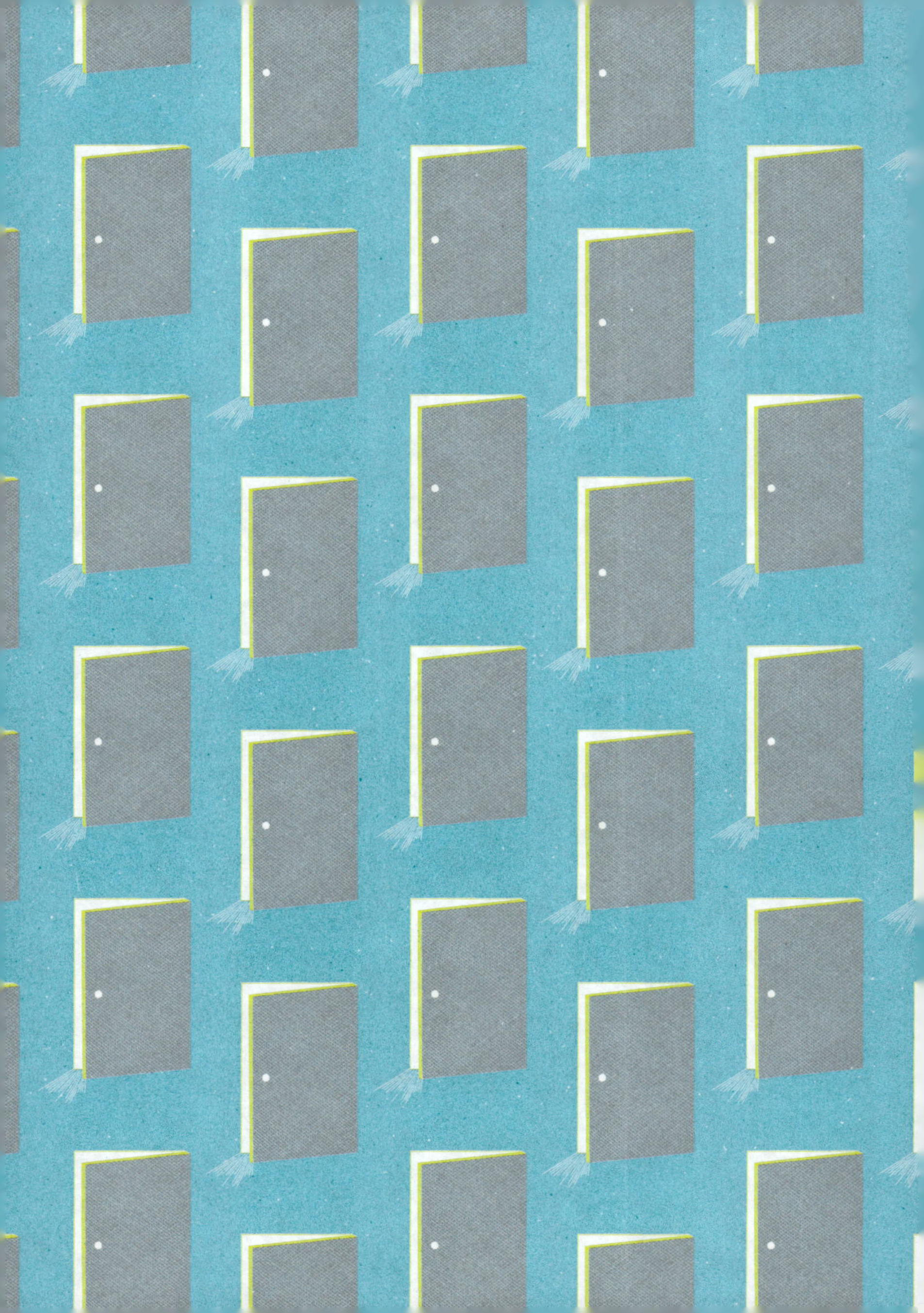

新しい
韓国の
文学

18

そっと 静かに

ハン・ガン＝著

古川綾子＝訳

日本の読者の皆さんへ

ある時期を振り返ると、鮮明な色彩やイメージ、音や声、におい、感触が一斉に押し寄せてきて圧倒されることがある。『そっと　静かに』を書いた二〇〇六年を思い起こしている今が、まさにそうだ。この本を書いているあいだ、私はなにかに守られているような気がしていた。特別に幸せだったというより、むしろ苦境に陥っていた時期だったけれど、この本は憂いに沈む私を悠然と抱きとめるようにやってきて、ある季節が終わるまでずっと一緒にいてくれた。一ページずつ、一文ずつ、一単語ずつ書き進めていくうちにようやく、私は前に進んでいたのだと思うようになった。書くことからの祝福のような贈りもの、沈黙のうららかな光の中で。

この本を介して出会う日本の読者の皆さんにも、そんなふうに悠然と、そしてぬくもりを感じられるごあいさつができればと思っている。当時、私が抱きとめられたと感じていた音楽と沈黙と言語の光が、皆さんの心へ「そっと　静かに」届きますように。どうか、つつがなくお過ごしください。

二〇一八年　光に満ちた春、ソウルより　　ハン・ガン

もくじ

3. そっと静かに

4. 追伸

First publication in Korea by Viche, Seoul, Korea
This Japanese edition is published by arrangement with Han Kang
through Rogers, Coleridge & White Ltd.

This book is published with the support of
Publication Industry Promotion Agency of Korea (KPIPA).

1．くちずさむ

歌の翼

バスに揺られてどこかへと流れていく道すがら、ラジオから聞こえてきた歌の一節に心をわしづかみにされたことがあるだろうか。ある時期の記憶がそっくりそのまま呼び起こされるのを、毛細血管の一つ一つがその記憶に反応するのを、経験したことがあるだろうか。

ある日の夕暮れどき、ふいに舌先にぶら下がってきた昔の歌をくちずさんだことがあるだろうか。胸が苦しくなったり、刺されるように痛んだり、ぽかぽかと温められたりしたことがあるだろうか。ほかならぬその歌の力で、長いこと忘れていた涙を流したことがあるだろうか。

『歌の翼に』*という歌曲もあるけれど、文字どおり歌には翼があると思う。深淵へずしんと落ちようが、しずくのように虚空へ向かって跳ね上がろうが、散り散りばらばらになろうが、遥か彼方にいるあなた目指して諦めることなく、しなやかに遊泳しようが……。歌は翼を広げて、私たちの生の上へと滑り出す。歌がなくて、その翼で生の上へと滑空する瞬間すらもなかったら、私たちの苦しみはどれほど重さを増すだろうか。

昔勤めていた職場の上司を思い出す。腹を立てると理性を失って部下に罵声を浴びせるので悪名高い人だったけれど、不思議なことに十数年が過ぎた今、記憶に残っているのは彼の鼻歌だ。彼はなにかしらの歌をくちずさんでいることが多かった。特にきつい仕事のときや、傍から見てもイライラするような業務に忙殺されているとき、まるでそれが呪文でもあるかのように低い声で歌っていた。ほとんどがユン・ヒョンジュ*や、ソン・チャンシク*の七十年代の曲だった。

微笑む大きな二つの瞳——長い髪に無言の笑みが*

その瞬間、彼はどんな翼に乗り、どれほどの浮力で自身の生の上を飛んでいたのだろう。今もどこかで、そうして飛んでいるのだろうか。

そうやって流れていく。低い声でくちずさみながら、ときには大声で歌いながら、耳元に残る旋律に、舌先でくるくる回る歌詞に乗って進む。進んでは立ち止まり、立ち止まっては進む。形も、味も、においもない、もし私たちに耳がなかったら、決して心を揺さぶることはできなかったはずの……存在すると同時に存在しない、その不思議な波長に身を委ねたまま。

＊【歌の翼に】 ハインリヒ・ハイネの詩にメンデルスゾーンが曲をつけた、世界的に知られる歌曲。

＊【ユン・ヒョンジュ】(一九四七〜) 韓国フォークソングの草分け的な存在と言われる歌手。

＊【ソン・チャンシク】(一九四七〜) 一九六八年にユン・ヒョンジュとフォークバンド「ツインフォリオ」を結成してデビュー。ユン・ヒョンジュと人気を二分した。

＊【微笑む大きな二つの瞳――長い髪に無言の笑みが】 一九七三年にユン・ヒョンジュが発表した『僕たちの物語』の歌詞の一部。原曲はThe Seekersの『Isa Lei』。

紙のピアノ

子どものころ住んでいた家に、ただ一つ豊かにあったものが本だった。家のあちこちに、まるで水でもあふれたかのように積み上げられ、突っ込まれ、散らばっている中から気の向くままに選んだ一冊を読みながら、長い午後を過ごしたものだ。

私と兄、弟が早くから分別を持つようになったのは、おそらく生活が苦しかったからだろう。おかずに不平を言ったり、買い食いするための小遣いをねだったり、なんとかブランドのスニーカーを履きたいと駄々をこねたりすることは想像もできなかった。人間の成長を描いた教養小説や映画に出てくるシーンのように、そういう問題をつらいと感じたこともなかった。今でも私は外見にあまりこだわらない性格で、大体において目に見えないものに惹かれ、一般的に重要だと思われる物事をついうっかりしがちだ（時々、それが致命的な結果を招くこともある）。そうした気質のおかげで、その年ごろになると気になりだす服装や、弁当のおかずといった類いに傷つくことなく過ごしてきたのではないだろうか。しばしば私を別世界へと送り出してくれた、掃いて捨てるほど散らばっていた本も大切な役割を果たしていたのだろう。

でも、私にもたった一度だけ、両親になにかをせがんだことがあった。それはピアノを習わせてほしいというものだった。

私は歌が好きだった。普段は声が小さい方だったけれど、歌うときは大きくなった。音楽の授業が好きで、リコーダーを吹くのも好きだった。譜面を覚えなくても聴いたとおりに吹けたし、メロディが自然に浮かんできた。ピアノを習いたいという欲求は一年、また一年と膨れ上がり、ソウルに越してきた五年生のころには我慢できなくなっていた。学校から一緒に帰っていた同じ町の友だちがピアノ教室に通っていたのだが、その子がウンザリしながら、なんとかしてレッスンをさぼろうとするのが不思議でならなかった。私はその子のピアノ教室によくついて行っては、小さな部屋のすみに座った。そのときの気分は……くらくらした。友だちが鍵盤を叩くつたない音の上に、あちこちの部屋から響いてきた鮮明な音の数々。

ついにピアノ教室へ通わせて欲しいと切り出したとき、母はなにも答えなかった。それから数日間、私は母の後をついて回った。庭で洗濯物を干していれば横にしゃがみ、空の洗濯かごを持って家に入ると、影のように後ろからついて行って台所に立った。夏休みだったのだが、今でもあの庭の沈黙、母が硬い表情で洗濯物を叩いて干していた姿、ひっきりなしに私のふくらはぎへ這い上がってきた大きな蟻が思い出される。これといって我を張ることもなく育った二番目の子がはじめて見せたデモンストレーションに、両親は少し戸惑った様子だった。困惑の数日が過ぎて、ついに母が声を張り上げた。

無理だってば！　うちの暮らしでは。

その日からデモンストレーションをやめて部屋に引きこもった。胸を焦がす想いというものを、そのときはじめて知った。ご飯もおいしくなくて、なにに対しても興味が持てなかった。娘のそんな姿を見ながらもピアノ教室に通わせられなかったところを見ると、当時の両親がやりくりに苦労していたのは確かなようだ。

しばらくすると私は文房具屋で十ウォンの紙の鍵盤を買った。四方を画びょうで机に留めると、学校で簡単に習ったとおり曲を演奏した。もちろん、なんの音も聞こえなかったけれど、頭を揺らしながら得意になって弾いた。抗議や両親を悲しませるつもりは一切ない、子どもにありがちな単なる無邪気さゆえのものだったのだが、ずいぶん経ってから母に聞いた。当時、私が紙の鍵盤を叩く姿を見るのが、なによりつらい瞬間だったと。


中学二年の秋ぐらいから、家計は少しずつ上向いてきたようだった。板の間にソファが入り、数人の作業員がやってきて台所の古いシンク台を取り外すと、白い木の扉が付いた清潔なシンク台を設置していった。中学三年に上がる直前の春休みがはじまると、両親が自分たちの部屋に来るようにと私を呼んだ。おずおずと座る私に向かって父が言った。ピアノを習えと。
三、四年前だったら飛び上がって喜んだのだろうけど、私はいささか面食らった。息もできないくらいピアノに魅了された時期はあっという間に過ぎ去ってしまい、ひとり書き散らした日記や詩に没頭していた。実際、入試を控えた中学三年からピアノをはじめる子はいなかった。ほとんどが小学校と一緒にピアノ教室も卒業したし、その後も続けるのは、音楽の方面への進路を考えている子だけだった。

もういいのだと私は言った。別に習いたくないと。時間もないだろうしと。

そのとき母が泣き出した。私がじりじりと焼けつくような日差しの中、しゃがみこんで母の顔だけを見つめていたときはあれほど冷淡に口を閉ざしていた母が。父が言った。

お前が習いたくなくても、母さんと父さんのために一年だけ通ってくれ。そうじゃないと恨《ハン》になる。

今度は母が涙を拭いながら語り出した。私の机に一年以上も貼られていた紙の鍵盤について。それを見るたび、胸をえぐられる思いだったと。

きまり悪くなった私はわかったと答えてからは、その粛然とした雰囲気の部屋をさっさと抜け出すことしか考えていなかったのだけど、父が続けて言った。

習ってみて楽しければ、大学生になったらピアノも買ってやろう。

いやいや、家のどこにピアノを置く場所があるっていうんですか。

漸入佳境*とはいうけれど……。私は泣くことも笑うこともできない心境になって、おどけてそう言ったことを覚えている。

＊【漸入佳境】　話や状況が次第に興味深い山場に差し掛かっていくこと。

午後六時、黒く長い針

六歳で小学校に入学したから、中学三年生のとき私は十四歳だった。その年は以下のように要約される。中学に入って最初にできた親友のヨンナ。ヨンナと私を合わせた四人グループで、放課後に通ったソフトクリーム屋。ヨンナが漫画マニアだったおかげで、遅まきながら読むことになった少女漫画の数々――『オルフェウスの窓*』から『アルミアンの四人娘*』まで。教室の窓の外に立っていた名前のわからない広葉樹。雨の日には一段と鮮やかな緑色に輝いていた葉。わけもなく長いこと見入るようになっていた尹東柱《ユンドンジュ》*の写真。日記帳に書き写してみた彼の詩「病院」。

そして、午後六時のピアノ教室。

家からひと駅の距離にあるピアノ教室は小さかった。ピアノは全部で三台あったけれど、私はバイエルからスタートしたので、人が出入りする玄関側のピアノを使った。入試の準備で通っている子は防音設備のついた奥にある部屋を使った。平日は六時から七時まで一時間ずつピアノを弾き、土曜日は聴音など理論の授業があった。

先生は二人、母と娘だった。いつもプードルを抱いている、少し冷たい印象のほっそりした中年女性が母親。正反対に見た目が華やかで情熱的な、作曲科に通う大学院生が娘だった。レッスンの方法も性格と似ていて、母親は面倒くさそうな口ぶりで「ここからここまで十回弾いて」と言うと、犬を抱いてどこかに消えてしまう一方、娘はこの世のすべてが美と驚異に満ちているかのような満面の笑みで、細かい部分にまで注意を払った。他のピアノ教室が休みの土曜日に娘が率先して行っている理論の授業も、そうした情熱によるものだった。

最初は気乗りがしなかったけれど、私は日増しにピアノが好きになった。退屈だというバイエルも楽しかった。十一月までの九ヵ月間でチェルニーの三十番まで弾いたが、年齢の割には速いペースだったことになる。

教室の玄関に入るとすぐ大きな壁時計が見えて、私が到着する時間は決まって六時五分前だった。「本当に、いつも正確だこと」。プードル先生が特有の超然とした口調で感心したものだ。本当のところは前の人が少し早く終われば、五分でも長く弾けるからだった。

娘先生は決まった曜日にしかレッスンをしなかったが、その日だけ習いに来る生徒もいた。同級生は一人もいなくて、みな中学一年と二年の子たちだった。彼女たちと仲良くなってからは、ピアノ教室の母屋にある小さな部屋でとりとめのないおしゃべりに興じることもあった。たまに見かけるおじさんはプードル先生の旦那さんだけど、娘先生の父親ではないという話も、その子たちから聞いた。本当だよ、「おじさん」って呼んでたんだから……。ある子がひそひそと話した。

私は娘先生が好きだった。当時の流行はワンピースのウエストに幅広の布ベルトを結ぶスタイルだったが、見るたびに異なる鮮やかな色のワンピースに、正反対の色のベルトを合わせていた娘先生の顔は、若さと美しさでぴかぴかと輝いていた。ピアノを習いはじめて六ヵ月ほど経ったある日、彼女が私に言った。

ガンちゃんにはピアノが合っているみたいだけど……。ピアニストになるにははじめるのが遅すぎたし、作曲をしてみるのはどうかしら？　私も作曲の勉強をしているけど、あなたぐらいの年齢からはじめた友人も多いのよ。

そんなふうに投げかけられた先生からの一言が、その年ごろの子どもにどれほどの威力を発揮するか、経験した人ならわかるはずだ。数日後、私は文房具屋で五線譜ノートを買った。思いつくままに音符を書き、くちずさみながら時間を過ごした。満ち足りた思いで弟に聞かせると、「いいけど、どこかで聞いたことがあるような気がする」という答えが返ってきた。

私は悩みに悩んだ。なんとしても、どこでも聞いたことのない曲を書きたくなったからだ。五線譜ノート二ページを音符で埋めつくし、くちずさみながら私はピアノ教室に向かった。ちょうど娘先生がいた。ためらったが、私は先生にノートを見せた。

なんとなくやってみたのですが、こんな感じでもいいのか……。

少しのあいだ楽譜に目を通していた先生は、いきなり嘆声を上げた。

素晴らしいわ……。こういう不協和音って、すごく洗練された音なのよ。普通あなたぐらいの年齢で、この感じを理解するのは難しいのに。

目を丸くした先生が感心したように私の顔をまじまじと見つめるから、私は穴があったら入りたいような気持ちになった。どこかで聞いたことがあるようだという言葉が嫌で、聞き慣れない曲にしようという思いからたまたま作ってみただけで、これでも曲といえるのか聞こうとしただけなのに、先生が急に興奮するから、なんだか嘘をついたのがばれたときみたいに顔が火照った。称賛はパワーになると言うけれど、度が過ぎるとかえって勇気を削ぐことにもなると、そのときはじめて知った。

先生は楽譜を譜面台に置くと、私の曲を演奏しはじめた。旋律だけだった曲は多彩なハーモニーとともに、私がまったく知らない曲になってしまった。素人の私が聞いても、華やかで現代的な印象だった。でも、それがどうだっていうのか。これは私の曲じゃない。私はあんな曲を作ったんじゃない。私は先生が演奏したその曲に圧倒されてしまったのだった。あんなふうに演奏できるようになるまで、自分が越えなければならない峠の数々を考えるだけで気が遠くなった。

その後も、一日も休まず六時五分前にピアノ教室に行くと一時間ずつピアノを弾いたけれど、曲はもう書かなかった。娘先生が優しく穏やかな眼差しで「ほかに書いた曲はないの？」と尋ねると、間違いでも見つけられたように胸がドキッとした。

入試を目前に控えていた十一月のある日、七時になったのでピアノを弾き終えて立ち上がるとプードル先生が言った。

今月いっぱいで教室を閉めるつもりだから。続けるなら別の先生を探さないとね。

いつもと変わらぬ、つんと取り澄ました口調だった。あとで二年生の子から、プードル先生の旦那さんが先生の全財産――ピアノ教室の保証金まで――を持っていなくなったという話を聞いた。娘先生が個人レッスンで忙しくなって一向に姿が見えないのも、そのせいだと言った。今になって思い返すとプードル先生の終始一貫、超然と取り澄ました雰囲気には、なんとなくもの悲しさが感じられた。

その月いっぱいで教室を閉めてからいくらも経たないうちに、ピアノ教室は本当になくなった。その後にどんな店が入ったかは思い出せない。たぶん、金物屋か塗装屋だったはずだ。学校まで歩いて行くにはいつもその前を通らなければならなかったが、そのたびにわざと、道路の方を見ていた記憶がある。

それからいくらも経たないうちに、母が突然大きな手術を受けた。それまで風邪ひとつひいたことのない人だったから、家族はみんな驚いた。各自やらなければいけないことが増えて、幼かった私たちの心も少しずつ成長しなければならなかった。思春期まっただなかだったから、少し成長したといっても心は岩のように重く、足はがたがた震えた。十五日ぶりに退院した後も、母の顔は冬中ずっと青白かった。キムチ甕のキムチはひどく冷たく、米からは研いでも研いでも、小さくて黒いコクゾウムシが出てきた。そのあいだ、ピアノに思いを馳せることがあっただろうか？　未練や懐かしさを感じることがあっただろうか？　思い出せない。

膨大な時間が通り過ぎていった。

それ以来、ピアノを弾くことはなかった。あまりにも短期間に、中途半端に習ったせいだろうか？　今は楽譜をだいたい読むことはできても書くのは無理だし、ヘ音記号のドがどこか、ピアノの鍵盤で見当をつけることさえできない。

あの美しかった娘先生が、もう少し客観的に私の曲について話してくれていたら、プードル先生が、あんなふうにおじさんに裏切られなかったら、あの後、ほかのピアノ教室を探すほどの余裕が私の心にあったら、私の人生、少しは違う道へ進んでいただろうか。たぶん違うと思う。私の音楽的な才能は、たとえあったとしても無きに等しいレベルだっただろうと。結局は、いちばん身近な場所にあった書くことを選んでしまっただろうと。

でも、覚えている。私があれほど一途だった午後六時。黒く長い針が少しでも遅く一周することを願った、あの時間のときめきを。遅くなったけれどありがとう。あのころ、身近にいた人たちに。当時の年齢では理解しづらかった、秘められた温かな想いの数々に。

＊【オルフェウスの窓】一九七五年から一九八一年まで連載された池田理代子作の長編漫画。韓国では八〇年代に日本の漫画の翻案物が出版されはじめたので、ここでは韓国版と思われる。

＊【アルミアンの四人娘】一九八六年から一九九六年まで韓国で連載されたシン・イルスク作の長編漫画。

＊【尹東柱】（一九一七～一九四五）中国の東北部にある間島省（現・中国延辺朝鮮族自治州）出身の詩人。同志社大学在学中の一九四三年に留学先の京都で思想犯として逮捕される。一九四五年二月に福岡刑務所で獄死した。

夜の音

昨年五月のことだった。明け方に目が覚めて食卓で水を飲んでいると、少し前に夢で聞いた歌を思い出した。ベランダの外には夜の木々がじっと立っていて、私は寒くて足の指を縮めていた。

鮮烈な夢のせいで目が覚めるのは、時々あることだ。なにか意味のある夢だと思えるときは、記憶から消える前にその内容を急いで紙に書きとめたりもする（そうして書くことになった小説もある）。ときには詩の一、二行が正確な文章の形で浮かんでくることもある。例えばこんな具合だ。夢の中で私は本を開いていたのだけど、ある一節が目にとまる。目覚める瞬間に悟る。あ、私が夢で書いた文だな。たまに「九十九番目のラクダ」とか「青銅色の井戸を埋める」のように要領を得ない文章もあるけれど、もう少し思考を広げていけば、詩になれる文章に出会うこともある。

ところが、昨年五月のその晩に私が聞いたのは歌だった。夢の中で誰かが私に言った。「こんな歌を聴いたよ」。そして二小節を歌ってくれた。

君が去ってしまった　どうしよう、行ってしまった　どうしよう。

食卓で突然思い浮かんだ夢の中の歌を、私は声に出してくちずさんでみた。瞬く間に二小節目の歌詞とメロディが、意識の底へ消え失せてしまった。それこそ引き潮のように。くちずさんだおかげで記憶に残ったのは、ここに書いた一小節だけだった。私は机に向かって白い紙に歌詞を書き留めると、その下にメロディも一緒に記した。

数年前、夢の中で驚くほど鮮明な笛の音を聞いたことがあった。長い曲だったし、楽譜に書き起こす能力もないので、旋律が意識の底に薄れていくのを感じながら、ただぼうっと横になっていた。心身ともに疲れきっていた時期で、その夢はまるで、私の生にほんの一瞬照らされた別世界の光のようだった。印象に残る経験だったので、のちにエッセイに書いてみたりもした。でも、歌詞までついている歌を夢で聞いたのは、五月のその晩がはじめてだった。

メモに書くだけ書いて忘れていたその歌が再び浮上してきたのは、それから数ヵ月が過ぎた初秋だった。年のはじめからはじまった不眠症がひどくなり、やはり疲れきっていた時期だった。うたた寝から目覚め、いっそのこと顔を洗って夜を明かそうと思って浴室のドアを開けて入った瞬間だった。浴室の眩しい光が目に降り注いでくるあいだ、五月に聞いたあのフレーズが聞こえた。今回は歌詞がなくて、ピアノとチェロ、木管楽器の華やかなアンサンブルで。

それから一曲、二曲と歌ができた。どうやってそうなったのか、うまく説明するのは難しい。夢で聞いたのはあの二小節だけで、あとはすべて現実の世界で作ったのだから。一つの文章が浮かび、それをたどっていくと詩になったりするように、メロディも一緒に浮かんでくるようになったとしか言いようがない。

「昔、ピアノを習ったって言ったでしょう? それが無意識のうちに残っていたんじゃない」

不思議なことだと私が言うと、友人がそう分析してくれた。二十年以上も前のことだけど、そうかもしれないと思った。

ただ、ピアノを習った記憶として残るつもりなら、楽譜の書き方も一緒に残るべきではないのか。歌が何拍子なのかを正確に記録できなくて、私は困り果てた。小さなノートに歌詞を書きとめ、メロディを書きとめては、歌全体を丸ごと暗記することで歌作りは終わった。記憶から飛んでいってしまうかもしれないと心配で、テープにタイトルと一緒に録音しておいたのだけど、時間が経つうちに、そんなことはないとわかってきた。街で、地下鉄で、家の中で、その歌は繰り返し浮かんできて、私のそばをくるくる回った。ある歌などは鮮明なピアノの音として聞こえてきたりもした。人と会って話しているときも、きらきらと私の中のどこかから旋律が聞こえてくる経験を、言葉ではうまく表現できない。

そのころ、インターネットラジオで文学に関する番組の司会をしていたのだが、その年の暮れあたりからこの歌を番組で歌ってみたりもした。演奏もなく、何拍子かもわからないまま、ただ頭に浮かんできたからと完成させた歌を、そのまま。今になって思うと赤面ものだが、当時は知りたかったのだろう。これは果たして歌といえるのか。他者と共有できるのか。リスナーが百人にも満たない、小規模で気の置けないラジオ番組だったから、開放的な気持ちからそうしたのだろう。

でも、司会をやめるころになると自意識が生じてしまった。ああ、どうしてあんなことをしたのだろう！　下手すぎる私的な歌に耳をすましていた見知らぬ人々に対して恥ずかしくなってきた。ＣＤを作ってみてはと勧める人たちには、ハムレットみたいな答え方をするようになった。本当に出すべきか、なぜ出すべきか、もう少し悩んでみるべきだと思うのです。今のところは出さない方がいい気がします。

大切なことはすべて偶然にやってくるものなのか、ちょうどそのころ、作曲家のハン・ジョンニムさんと知り合った。笑うと目がなくなる小さな顔の持ち主で、気持ちのいい人だった。普段は穏やかだが、仕事になるとしっかりきっぱりした人。ある日、勇気を出して私の歌が入ったテープを一度聞いてほしいと頼んだ。このまま一人で作って歌いながら過ごせばいい程度のものなのか、他者と共有してもいいのか、ぜひとも率直な意見が聞きたいと言った。数日後にメールを受け取り……それが、この本とCDのはじまりになった。

五月のあの夜から一年以上が過ぎたけれど、今もたまに新しい歌が浮かんでくることがある。一時的なものだと思っていたのに違ったのだろうか。一言二言の歌詞が唇から離れず、次の旋律と歌詞が一体となって出てくる瞬間の感じは、いつ経験しても神秘的だ。歌をくちずさみながら散歩道を、街を、地下鉄の乗り換え通路を、家の中を歩くあいだ、抑えきれない喜びを感じるときがある。ほんの少し足を持ち上げ、いつもの時間の上へと滑り出すその瞬間。誰にも気づかれないくらいそっと、いつもと異なるリズムで心臓が鼓動するその瞬間。

2．耳をすます

菩提樹

作詞：ヴィルヘルム・ミュラー　作曲：フランツ・シューベルト

ある雑誌社のインタビュー記事を書くフリーランサーの記者だったころ、ファン・ビョンギ*先生を訪ねたことがあった。話の最後に先生が「沈黙を好む人間も音楽的な人間だ」とおっしゃった。先生の父親が音楽を好まない人で、家の中にいつも流れていた沈黙が、逆に自分の音楽の感性を養ったということだった。音楽を聴いている時間よりも沈黙の中にいる時間の方が好きな私には、大きな慰めになる言葉だった。

私は音楽のセンスがないうえに、音楽を聴くために時間を割いてきたわけでもないので、知っているジャンルは多くない（その代わりに特定のジャンルに造詣が深いというわけでもない）。よく知らないという渇きは常にあって、たまに気が合う人に出会うとお薦めのCDを紹介してほしいと頼むようにしている。しっくりくる音楽に出会うとひたすら聴き続けて、忘れたころにまた聴いて、とにかく擦り切れるほど聴く。

これまで出会った中には、執筆するときは必ず音楽をかけるという人もいたし、音楽はどうしてもダメだという人もいた。私の場合は、針の落ちる音も聞こえるほどの静けさの中でしか書けない文章と（そういうものは明け方にしか書かない）、横で鼓膜が破けそうな音量のテレビがついていても書ける文章といった具合に、内容によって異なる。たまに音楽の力を借りて書くことがあって（食べて元気を出すのと同じように）、そんなふうにして書き上げた文章を思い返すと、その音楽の記憶も一体になったみたいに一緒によみがえってくる。

おそらく唯一の自伝的小説と言える『回復する人間』を書いていたときは、ベートーヴェンの曲を聴いていた。第三楽章に「病より癒えたる者の神に対する聖なる感謝の歌」という長いタイトルのついた、恐ろしいほど美しい弦楽四重奏だ。

一年ほど前は、弦楽器が一つの旋律を順番に受け取りながら内面の核心へと近づいていくような第二楽章が好きで、ずっとブラームスの弦楽六重奏第一番を聴きながら小説を書いていた。ある友人はブラームスの曲の中で最もロマンチックだと言っていたけれど、私には愛やロマンは感じられなかった（演奏者の解釈による違いのせいかもしれないけれど）。苦痛よりもっと奥の方に存在する深淵で激しく波打つなにかとでも言おうか。激しい苦痛を胸に秘めて生きていく主人公の性格のせいで、一時間に一回は泣きながら書いた小説だったが、たぶんあの曲でなければ最後まで書けなかっただろうと思う。書き終えてからもずっと聴いていたので、しばらくのあいだ「お前は誰だ」と誰かに問われたら、あの第二楽章を聴かせなければと思っていた時期もあった。

その一方で、書いていないときに聴いたりくちずさんだりする音楽は、インストゥルメンタルよりも歌が多い。私が一番好きな歌ってなんだろう？　考えてみると不思議なことに、真っ先に思い浮かぶのは歌曲だ。幼いころに習った歌。ずっと記憶に残っている歌。口を開いて沈黙を破る瞬間に、沈黙もひどく驚いたりしないだろうと思われるような慣れ親しんだ歌。

そんな歌曲の中でも一番好きなのが『菩提樹』だ。ミュラーが詩集にまとめたドイツ民謡にシューベルトが曲をつけて、歌曲集『冬の旅』に収録した歌だ。これまで多くの人が歌って演奏してきたけれど、この曲が入ったCDを私は一枚も持っていない。私にとって聴く歌じゃなくて、たまに自分の好きなようにくちずさむ、親密な間柄の歌なのだ。

城門前の泉の近くにそびえる菩提樹／その木陰で甘い夢を見たものだった／幹に希望の言葉を刻み／嬉しいとき／悲しいとき／訪れた木／訪れた木／訪れた木

元は民謡だったから、昔は口伝えされてきたはずだ。長いときを経てシンプルになり、角が取れていったのだろう。その単純で丸みを帯びた歌詞と旋律が好きだ。喜びと悲しみが、通り過ぎていった夢と慰めが、なんて自然に、お互いに混じり合っていることか。

その木が植えられている場所を訪れて心を落ち着かせなければならないほど、心が寒くて、疲れていたのですと敢えて告白しない歌。告白したいその気持ちを、いつの間にかそっと解き放つ歌。温かい手の平のようで、枝の間を吹く風のようで、日盛りの深い井戸の底で静かにきらめく水の青のようだ。

この歌を思わずくちずさんでいるときは、まだそれほど心は乱れていない。ひどく悲しかったり、憂鬱だったりするわけでもない。悲しみや憂鬱に襲われて、それらが過ぎ去ってだいぶ経ったある日、いきなり遭遇する、もの寂しい瞬間。

そうやって考えると『菩提樹』というこの歌が、もしかすると私の「菩提樹」なのかもしれない。嬉しいとき、悲しいときに訪れていた木なのかも。そうだとしたら、幹に人知れず希望の言葉を刻んでいたのも私だったのだろうか。どれぐらい昔の、どの前世の、どんな午後の出来事だろうか。できるなら近づいて読んでみたい。解読してみたい。

＊【ファン・ビョンギ】（一九三六〜二〇一八）伝統弦楽器カヤグムによる創作曲の創始者。

母さん姉さん

作詞：金素月　作曲：キム・グァンス

母さん姉さん／川辺に暮らそう／庭にはきらきら金砂の光／裏戸の外には落ち葉の歌／母さん姉さん／川辺に暮らそう

七歳の冬、父の実家でこの歌を教わった。縁側と庭がある、古びた細長い韓屋《ハノク》*だった。川辺ではなかったけれど、十分も歩くと海に出る町だった。裏戸の外に落ち葉の森はなかったけれど、裏庭に小さな井戸が一つあった。よほどおいしい水だったのだろう、今も口いっぱいに、甘く涼やかな味が広がる。

父方の末の叔母に連れられた私が光州《クァンジュ》に暮らす家族と離れて、冬休みの二ヵ月を父の実家で過ごすことになったのは母の計画だった。幼少期の私はいたずらがひどくて、二つ上の兄と一緒になって昼も夜も家の中を荒らし回っていた。一緒に暮らす父の弟たちの世話に手を焼いていた母は、私だけでも田舎の家に送って負担を減らしたかったのだ（今の私の性格を知る友人は信じられないと言うだろうけれど）。でも母は、いざ私が家を出るとよく眠れなかったそうだ。邑《ウプ》*の中までバスも通っていない田舎ゆえ、もし子どもが高熱を出しても病院に連れて行きもしないだろう……と。

でも、その冬の思い出はきらきらと輝きながら今も私の中に残っている。毎朝、いとこたちと大きな真鍮の鉢にたっぷり盛られた朝ごはんを食べると、海苔の養殖業を営んでいた叔父を手伝って百枚以上の海苔簾《のりす》を干す。日中は村や海岸をうろつき、日暮れ前になるとパリパリに乾いた海苔簾を取りこむ、それこそ「正真正銘の田舎っ子」の生活だった。力の限り働いて、走り回って遊んだ後に食べる麦飯の味や、夜になると滝のように降り注ぐ星、都会では経験できない漆黒の闇や、戸の目貼りを震わせる風の音。

ある日は雪が降ったのだが、暖かくて雪が珍しい地方なのでいとこたちは興奮して、大はしゃぎで走り回った。庭にうっすら積もった雪をかき集めると、三十センチほどの小さな雪だるまができた。落ち葉で目を作り、枝で鼻と耳をつけて喜んだのもつかの間、翌日には跡形もなく溶けてしまった。雪だるまがあるべき場所の土が、雨が降った後のようにぐっしょり濡れていたのを鮮明に覚えている。

冬休みが終わるころになってようやく光州の家に戻ったのだが、私を見た母の第一声は「アイゴー、心配して損した」だった。「こんなに太って帰ってくるなんて、夜も眠れないほど心配したのに……」。久しぶりに会う兄と弟はなんだかよそよそしくて、久しぶりに見る都会の路地の風景にもなじめなかった。田舎に比べると格段にきれいな家、明るすぎる照明も落ち着かなくて、戸惑いながら数日を過ごした記憶がある。

金素月《キムソウォル》*の詩に曲をつけたものとは知らずに、『母さん姉さん』を教わったのがこの冬休みだった。末の叔母が歌ってくれたのだが、はじめて聞いた瞬間に理解したし、すぐ好きになった。歌を教わっていたときも、裏庭の風の音が聞こえていたから。冬のあいだずっと、裏の林のツバキがざわざわとそよいでいた、あの音。

そういえば風という言葉も、日差しという言葉も出てこないのに、なんて光と風に満ちた歌なのだろう。今もたまにくちずさむことがあるけれど、歌えば歌うほど心に響く、金素月の詩が持つ呪文のような力とともに、単純な旋律が穏やかに光りながら体を満たす。実は植物と同じように人間にも光合成の機能があって、だからこうやって光を放つ存在に魅せられるのだろうか。光る記憶、光る幼年時代、光る時間、光る母国語……生きていて良かったと低くささやいてくれているような、この歌。

*【韓屋】朝鮮半島の伝統的な建築様式で建てられた家屋。
*【邑】地方自治体「市」「郡」が管轄する、人口が二万人以上の地方行政区画の一つ。
*【金素月】（一九〇二～一九三四）抒情詩を得意とした今も韓国で愛され続ける国民的詩人。三十二歳で自ら命を絶った。

片想い

作詞：パク・ヨンホ　作曲：ソン・モギン　歌：コ・ボクス*

私は好んで聴きも歌いもしないけれど、これは外せない歌なのだ。その理由を何年か前に書いたことがある。ある新聞の「母の歌」というコーナーだった。短いエッセイでも、書き終えるとどういうわけか後遺症が長く続く。だからなるべく書かないようにしているのだけど（この本を書き終えた後も、たぶんそうなるだろう）、ちょうど依頼の電話があった日は母の誕生日で、不思議な縁だと思いながら書いた記憶がある。

木々が白い骨格をあらわにする陰暦の十月は母が私を産んだ月で、母方の祖母が母を産んだ月でもある。「母の歌」というコラムを依頼する電話が、ちょうど母の生まれた月にかかってきた偶然について思いを巡らせながら雨が降る窓の外を眺める。

母の愛唱歌。

十年ほど前はチェ・ジニ*の『愛の迷路』と、『私たちはとても簡単に別れた』、その後、数年来の愛唱歌として定着しているのは色々な歌手が歌ってきた『七甲山』。

記憶をたどっていくと、若かりし日の母がむかし住んでいた家の板の間で、青い半袖の服から浅黒くて太い腕を見せて笑っている。周りに親戚がいた気もするが、誰だったか思い出せない。三十代後半の生気に満ちた顔の母が歌う『片想い』。恥ずかしくて大きな声が出せずに裏声で。

ススキがすすり泣くから秋なのだろうか／過ぎた歳月が私を涙させる／川面にゆらめく濡れた弦月／川の水もゆらゆらとむせび泣く

母は嫁いですぐに父の幼い弟たちの面倒を見ることになり、余裕のない暮らしのなかで私たち三人の子どもと彼らを育て、学校に行かせ、独立までさせた。おかげで子どものころを思い返すと、多事多難の大家族だった印象が一番に浮かんでくる。

今もそうだが、若いころの母はよく泣いていた。寝ていた父が隣の気配がおかしいことに気づき、腕を伸ばして母の顔を探ってみたら手の平が濡れたこともあったそうだ。色々なことがわかる年齢になってから、私はたまに思い描いてみたりもした。声を出さずに、隣で寝ている人に感づかれないよう歯を食いしばり、耳の中に流れ落ちる涙を気づかれるかもしれないと拭うこともできず、ひとり暗闇の中で泣く女。その夜はたまたま父が目覚めて手を伸ばしたけれど、そうじゃなかった夜の方がずっと多かったことだろう。

母はいま六十二歳だ。もうすぐ九十になる祖母と、父と一緒に海辺で暮らしている。疲れるとまず唇にヘルペスができるし、膝が痛いせいで重い物を持ったり、階段を上り下りするのがつらいと言う。今年に入ってからどういうわけか、ひどく淋しがるようになって、たまに畑仕事を放り出したまま、海辺に座って一人で一日過ごしてくるそうだ。その胸中をすべて察することはできないけれど、ただただ推測してみる。そうやって時々、流れに委ねなければならない母の人生の厳しさを。若かりし日のあの歌のように、海がゆらゆら、母の代わりにむせび泣いてくれるのだろうか。

ここまで書くあいだも雨は降り続いていて、木々は闇に包まれた空気の中でじっと濡れている。私にとってこれほど切ない存在である母が、血にまみれた赤ん坊として、こんなに侘しい十一月のある日、この世に生まれてきたのか。ふと、おごそかな気持ちになる。どうか、元気でいてください。

＊【コ・ボクス】（一九一一〜一九七二）国内や中国の東北地方を回る地方公演で人気を博した大衆歌謡の歌手。引退後は歌手の李美子を輩出するなど、後進の育成に尽力した。

＊【チェ・ジニ】（一九五七〜）韓国の演歌歌手。一九八七年に発表した『私たちはとても簡単に別れた』が収録されているアルバムは、五十万枚超の売上を記録した。

You needed me

作詞・作曲：ランディ・グッドラム　歌：アン・マレー＊

どれくらい聴いたら、歌は体に刻み込まれるのだろう。この歌を、私はこれまで何回聴いたのだろう。

大学を卒業してすぐ入った職場で、最年少の新人として働いていた時期を思い出す。誰よりも早く出勤して、すべての雑用を一手に引き受け、東奔西走しなければならない最年少。出勤するとまずブレーカーを上げて、電気をつけて、窓を開けて換気をして、大きなポットに水を入れて沸かした。一日を朝のコーヒータイムではじめる職場だったからだ。同じ部署の先輩たちの机を拭いて、お盆に集めたカップを運んで洗い、誰々はプリム＊二杯、砂糖一杯と覚えたままに入れて、お湯だけ注げばいいように準備を終えると一人、二人と出勤してくる。

たまに仕事がひまな午後、上司や先輩がおやつを食べようと言うときがあった。私は自分で作ったあみだくじを持ってみんなの席を回る。それなりに工夫を凝らして、金剛山《クムガンサン》、白頭山《ペクトゥサン》、漢拏山《ハルラサン》、道峰山《トボンサン》＊などと上部に記入したくじの中から一つ選んでもらって下にたどっていくと、千ウォン、五百ウォン、千五百ウォン、二千ウォンと負担する金額が決まるようになっていた。

合わせて一万ウォンほどのおやつ代ができると、近所の明倫洞《ミョンニュンドン》の路地を一回りしながらトッポッキ、天ぷら、パン、果物、チュンピョン*などを買った。全部テーブルに並べ終えると各部署を回って、おやつ食べに来てくださいと叫んだ。

でも、そんなふうにゆったりと流れる時間はそれこそあっという間で、仕事は常に山積みだった。睡眠を四時間に減らして夜と週末に文章を書いていたせいで、私はいつも眠かった。事務所の机に顔を埋めて校正作業をしながら、ふと窓の外に目を向けると、目の前のすべてが現実味のない出来事のように見えた。なにもかもが潤いを失って、皮膚ごとかさかさと崩れ落ちていくような感じだった。

二十四、五歳だったあのころ。起き上がって一日をはじめるのが本当に苦痛だった朝、ぐったりと疲れきって布団も敷かず、コートも脱がないまま冷たい床に横たわっていた夜、この歌を聴いていた。

私が泣いていたとき／あなたは私の涙を拭ってくれた／私が混乱していたとき／あなたは
私の心を静めてくれた／

私が自分の魂を売り渡したとき／あなたは買い戻してくれて／私を支えてくれた

私が泣いているときに涙を拭ってくれたり、魂を売ったときに買い戻してくれる人はこの世のどこにもいないとわかっていたけれど、歌を聴いていると、起き上がる力と全身が弾け飛びそうな満員電車に再び向かっていく勇気が湧いた。宗教も癒してくれる恋人も持たないとき、そんなふうに一曲の歌が嘘みたいに日常を支えてくれることもある。


*【アン・マレー】(一九四五〜) カナダ出身の歌手。七七年には日本公演も行った。『You needed me』は一九八〇年に放映されたTBS系ドラマ『幸福』の主題歌に使われた。

*【プリム】「プリマ」という商品名から派生したクリーミングパウダーの総称。

*【金剛山、白頭山、漢拏山、道峰山】朝鮮半島の主要な山の名前。

*【チュンピョン】米粉をマッコリで発酵させた蒸し餅。

乱れ髪

乱れ髪／鬼神のようなありさまで／うら寂しく冷たい牢の中／思い出すのはあなたのことばかり／会いたい／会いたい／あなたに会いたい

都へ旅立ってから便り一つないのは／親に仕え／学問に忙しく／いとまがないからでしょうか／それとも新たな妻と仲睦まじく暮らしていて／私のことは忘れたからでしょうか／月の仙女が住む秋月のように高々と伸び上がって／我が身を映して見せましょうか

往来が途絶えて恋文を見ることも叶わない／眠れなくて夢で会うことも叶わない／指先の血であなたに便りを書きましょうか／恨みの涙であなたの顔を描きましょうか

夫を想うこの世のどんな女も／牢から出られない私よりは幸せでしょう

あなたに会えぬまま牢で命尽きたら／墓の傍の石は望夫石《マンブソク》*になるでしょう／墓の前の木は

相思木《サンサモク》*になるでしょう

この無念は死後も知られることがないのでしょう／ひとりむせび泣く

私がほかの人よりも少しだけ国楽*に親近感を持っているとしたら、それはおそらく父の影響だろう。なかでもLP版でよく聴いていたイム・バンウル*の声は、私の無意識の中にまで刻み込まれているらしい。どこからかこの「乱れ髪」という歌詞が聞こえてくると、条件反射でほろりとする。遥か昔の幼年時代から、歳月を遡って飛び込んでくる声。いや、何百年の歳月、たくさんの人の生涯を越えて浸透する声。

人間の声ってこれほどまでに染み渡り、胸に迫ってくるものなのだろうか。血のように濃い歌が、逆に聴き手が心に抱える傷の薬になってくれるというのも妙な話だ。

こんなふうに苦しかったことがあなたにもあったでしょうと、この歌は問いかける。必ずしも愛しい人を待ってではなかったかもしれないけれど、こんなふうに切実だったことがあるでしょう？

こんなふうに無念で、こんなふうに恨めしく思ったことがあるでしょう？

こんなふうに声を振り絞って誰かを、なにかを、希望も見えないままに呼んだことがあるでしょう？

　だから聴き手はやるせなく頷くのだ。もつれて乱れた髪のまま、うら寂しく冷たい牢に囚われたヒロイン春香《チュニャン》*になって、鬼神のような凄惨なありさまで最期の朝を待つのだ。会いたい、会いたい、あなたに会いたい、このフレーズに移る頃には胸がいっぱいになっている。死んだら望夫石になって、相思木になって、というラストを迎えるころには自分の体が物悲しい一本の木に、岩の塊になって、人間の生よりも長い歳月の中へと揺れながら風化していくのだ。

　色々な人が『春香歌《チュニャンガ》』を歌い、この曲を歌ったけれど、私にとっての『乱れ髪』はイム・バンウルのそれだけだ。蓄音機でレコードを聴いていた時代に百万枚以上の売上を記録した彼が舞台に立つたびに、聴衆は涙に暮れたという伝説の男。

　パンソリ*よりも宮廷音楽の正楽*の方が好きだけど（寿斉天《スジェチョン》*や霊山会相《ヨンサンフェサン》*を聴くと、時空が無限に大きく広がるような感じがしていい）、この曲は一種の原体験として私に刻み込まれている。叫び、苦しみ、染み渡る歌。でも涙は流れなくて、頬は侘しく乾いたままの歌。血の涙を呑んで、ただ前へ、前へと進む歌。

＊【望夫石】遠くへ旅立った夫を待っているうちに石になった妻のこと。

＊【相思木】遠くへ旅立った夫を待っていた妻が亡くなった場所に生えてきた木のこと。

＊【国楽】その国の伝統民俗音楽。

＊【イム・バンウル】（一九〇四〜一九六一）韓国を代表する国楽の歌い手。

＊【春香】身分の違いを越えた恋愛を描いた朝鮮王朝時代の物語『春香伝』のヒロイン。

＊【パンソリ】歌い手と太鼓手が歌、セリフ、身振りで口演する民俗芸能。物語『春香伝』を歌った『春香歌』は代表的な演目。

＊【正楽】朝鮮半島の雅楽。

＊【寿斉天】元は百済時代から伝わる『井邑詞《チョンウプサ》』という歌。高麗時代は宮中舞踊の伴奏音楽として演奏されていたが、朝鮮王朝時代の中期から歌詞のない器楽合奏曲として伝えられるようになった。

＊【雲山会相】元は仏教の声楽曲だったが、朝鮮王朝時代から風流を楽しむための器楽合奏曲として発展した。

荒城の旧跡

作詞：ワン・ピョン　作曲：チョン・スリン　歌：イ・エリス

母の歌が『片想い』なら、私にとって父の歌は『荒城の旧跡』だ。節くれだった木の切り株みたいな父の声によく合う歌だ。カラオケに行くと父がいつも歌う曲で、私も何度か聞いたことがある。

荒城の旧跡に夜が訪れ／月明かりだけが静かに／廃墟に漂う懐かしき想いを語る／哀れなこの身はなにを探そうと／果てなき夢の街をさまようのか

城は崩れ落ち／空き地には草が生い茂り／この世の虚しさを物語る／私は孤独な旅人／一人寝つけず／もの悲しい虫の音にむせび泣く

私は進み続ける／この足が行き着く所へ／山を越え／川を越え／あてどなく／悲しきこの思いを／胸の奥にしまい／この身は流れ行く／荒城の旧跡よ／どうか達者で

永川《ヨンチョン》*出身の詩人ワン・ピョン*が作詞、開城《ケソン》出身の作曲家であるチョン・スリンが作曲したこの歌は、韓国で最初の創作歌謡と言われている。メロディも古めかしくて、二節目のはじまりはどことなくパンソリを連想させる。開城で活動していた聚星座《チュイソンジャ》という大衆演劇の主導役を果たしていた劇団が、一九二八年に韓国初の映画館である団成社《タンソンサ》で公演をした。幕間に女優のイ・エリス*がこの曲を歌ったところ、あっという間にソウル中に広まっていった。ラジオもテレビもない時代、人々の口伝いに広まった、当代きってのヒット曲というわけだ。一九三二年にはレコード化されて百万枚以上が売れたそうだが、印刷された曲名は『荒城の跡』だった。亡国を嘆く歌詞を朝鮮総督府が喜ぶはずもなく、長いこと禁止されていた歌だ。

いつだったかカラオケで、この歌を冗談のつもりで歌ったことがあったのだけど、どういうわけか胸がヒリヒリして、三節目はただただ歌詞を見ていた記憶がある。思っていたより歌詞が良かったこともあるし、年を追うごとに老いていく父の顔が浮かんできたこともあって……。実はいくつもの酒場で、私的な席で、市場で、この曲を歌って聴いたであろう人たちの心情がオーバーラップしてきたせいでもあった。金素月も李箱《イサン》*も金裕貞《キムユジョン》*も、林和《イムファ》*、白石《ペクソク》*、尹東柱も聴いたり、歌ったりしたのだろう。なにを探そうとしているのかもわからないまま、苦しい胸中を封印したまま、果てしない夢の街をさまよった、当時の人々の歩みを連想させる、節くれだった木の切り株みたいに長いときを越えたこの歌。

＊【永川】慶尚北道永川市。

＊【ワン・ピョン】（一九〇一〜一九四一）舞台俳優、監督、脚本家、作詞家として活躍した。

＊【イ・エリス】（一九一〇〜二〇〇九）演劇俳優・歌手。喜劇役者だった叔父の影響で八歳から子役として舞台に立っていた。

＊【李箱】（一九一〇〜一九三七）韓国で最も愛されている作家の一人。モダニズム文学の旗手として名高い。功績を称えて制定された李箱文学賞は、韓国で最も権威ある文学賞と言われている。

＊【金裕貞】（一九〇八〜一九三七）農村をテーマに多くの作品を書いた小説家。農村啓蒙運動を展開した。

＊【林和】（一九〇八〜一九五三）プロレタリア文学運動の中心で活躍した詩人。解放後に行った北朝鮮で死刑となった。

＊【白石】（一九一二〜一九九六）古語や方言を駆使した作品が有名な北朝鮮出身の詩人。

Let it be

作詞作曲：レノン&マッカートニー　歌：THE BEATLES

この歌にまつわる最初の印象的な記憶は大学時代、バスに乗っていたときのものだ。バスのラジオからこの歌が流れてきて、恵化《ヘファ》ロータリーで降りるつもりだった私は歌を最後まで聴くために、恵化ロータリーを通り過ぎて秘苑《ピウォン》*までバスに乗り続けた。季節は夏で、窓の外の街路樹はきらめき、バスは閑散としていた。たぶん夏休みだったと思う。はじめて聞いた歌でもないのに、なぜあの瞬間にあれほど眩しく迫ってきたのかはわからない。何度も「答えはあるはず」と繰り返す歌詞のためだろうか。

ほどなくして、ジョーン・バエズ*のアルバムをかけたときにもこの曲を聴いた。ビートルズも良いけれど、ジョーン・バエズの低い声で聴くこの歌は力強かった。気持ちが沈んでいるときに聴くと、深いところまで淡々と沁み渡っていく感じが好きで、時々かけたものだった。

でも、この歌が私の体に「刻み込まれた」といえるのは四年前だろう。私にとっては岩のように重たくてハードな年だった。それから三年間は指が痛くてパソコンが打てず、手で書こうとすると手首が痛かった。休み休み完成させた肉筆原稿を、タイピングのアルバイトを頼んだ女子大生（彼女の名前を主人公につけたこともあった）にプリントアウトしてもらうと、その紙の余白に修正を書き込んで、それをもう一度パソコンで入力してもらうという針の穴を通すような作業で、三年間に三編の中編小説を書いた。子どもはまだ幼くて、子どもの面倒を一時間でもいいから見てくれる親類縁者は近くに誰もいなかった。日常生活を営むのもつらいほどに痛む手で、文章を書こうとする自分が情けなかった。何度も、そしてついに、すべてを諦めようと小説への想いを封じ込めた。いっそ、書かずに生きてみようと。できないこともないだろうと。

物書き中毒に近かった十年間の習慣を封印してしまうと、恐ろしいほどの虚無感に襲われた。子どもがおむつも取れていない、まだ言葉もうまく話せない時期でなかったら、私はもっと暗い場所へと押し流されていたかもしれない。子どもがいたから笑えたし、ふざけることができたし、愛することができた。いや、愛さなければならなかった。

その年の秋、ある夕暮れ時。オーディオにビートルズのCDを入れると、この歌をかけた。最初に家中の二重窓をすべて閉めてから、最大限までボリュームを上げた。どの部屋にも陰ができないように、灯りという灯りをすべてつけた。すると家は港を旅立つ船のように、非現実的な空間になった。よく滑るように靴下をはくと、フィギュアスケートの選手のように床を滑りながら踊りはじめた。どんなダンスでもない、ただ自然と踊り出すダンス。敢えて名前をつけるなら、ぴょんぴょん、ぴょこぴょこダンス？　子どもがはしゃいで私と一緒に飛び跳ね、私と一緒に床を滑った。互いの背中を押して、遠くまで滑った。「レットイットビー」のくだりになるたびに、すーっと床を滑って走る気分といったら！

曲に合わせて声の限りに歌いながらたまに泣いたりもしたけれど、母親が泣いているのか笑っているのかわからなくなるほどこの状況に興奮した子どもは、その場でジャンプを続けた。いま思えば下の階の住民には申し訳なかったけれど、そのときは狂気にでも囚われていたのかなにも考えられなかった。華やかなシンセサイザーの間奏が入るたびに、狂ったようにくるくるとその場で回りながら目を閉じた。その一つ一つの音が光のようだと、生の光のようだと感じた。閉じた目に押し寄せてくる光、祝福、喜び、そのすべてだと。そう思いながら涙をふいて、またふいて、しまいにはわんわん声を上げて泣いた。あんなに大きな泣き声も、跡形もなく飲み込んでしまう音楽の中で。

それから子どもはヘイピーしよう、ヘイピーとねだるようになった。オートリバースでひたすら繰り返された「レットイットビー」という言葉を覚えたのだった。いつもそこに憂鬱がとぐろをまいていた時期だったから、二重窓をすべて閉めて音楽をかけると、ダンスと涙は必ず私を救いにやってきた。おそらく子どもも一緒になって救ってくれたのだろう。もちろん、下の階の住民にとっては災難だっただろうが……。

歌はいつ果てるともなく、繰り返し私に言い続けた。それこそ脳を洗い流して、私を洗脳した。

答えはあるはず。悲しみはないはず。あるがままに。ただ、そのまま、あるがままに。

「あるがままに」のほかに、どんな言葉が当時の私を救えただろうか。答えを聞かせるのではなく、答えはあるはずだという未来形。悲しむなと言うのではなく、悲しみはないはずだという未来形。なんの偽りもない歌詞。そうやって、私の体にのみで刻み込まれたような歌。

＊【秘苑】一四〇五年に建てられた、ソウル市内にある五大王宮の一つ、昌徳宮《チャンドックン》の中にある庭園。

＊【ジョーン・バエズ】（一九四一〜）アメリカ出身の歌手。「フォークの女神」と呼ばれた、一九六〇年代を代表するフォークシンガー。

青春

作詞作曲：キム・チャンワン* 歌：サヌルリム

一九七〇年生まれだから、私は山びこ《サヌルリム》*の歌に親しんで成長した世代に属していると言えるだろう。彼らの『山のおじいさん』を「雲の帽子をかぶったね、蝶々みたいにひらひら飛んで……」と歌いながら小学校に通った。どうしたらこんなに面白い歌ができるのだろう、と思いながら。『いや、もう』のような歌も子どもたちのあいだでは大人気で、私も一緒に歌ったものだった。でも、もう少し大人になってから好きになった歌は『独白』だった。

暗い街を一人歩きながら／夜空を見上げた／昨日のように星は白く輝き／月も明るいのに／今日はどこの誰が生まれて／どこの誰が眠りに就いたのか／街の木々を眺めてみても／なにも言わないね

二番と三番の歌詞は感傷的すぎるので書かないことにする。一人で目を閉じてしまいたくなるほど苦しいという歌詞が単純なメロディに込められていて、円熟味を感じさせる歌になっている。辛酸をなめた後のような痛みは感じられないけれど、若さゆえに前が見えなくて苦しいときを過ごす十代や二十代のための歌なのだと思う。私がとりわけ好きなのはこの一番だ。暗い街を一人で歩きながら夜空を見上げる瞬間、なにも言わない木々を見つめる瞬間の心。

サヌルリムはたくさんの歌を発表したけれど、それぞれが独特な魅力を備えている。なかでも赤や青の絹織物みたいな長い前奏が敷き詰められた『僕の心に絹織物を敷いて』は、最も魅力的な歌ではないかと思っている。ときめき、喜び、初々しい恋心——それこそ絹織物を敷いた心が、チョゴリの袖の虹色模様みたいに色鮮やかなのだ。『母さんとサバ』も面白かった。「明日の朝には焼きサバが食べられそうだね」という部分を聴きながら「こんな一瞬の気持ちも歌になるんだ！」と笑った記憶がある。

彼らの歌で最もポピュラーな『回想』も好きだった。「道を歩いただろう」と歌詞がはじまるせいか、本当に道を歩きながらくちずさむようになった。特に読書室と予備校*を往復していた浪人生時代によく歌っていたが、当時の後輩たちは私がトイレにも行かず三時間も四時間も机に向かっているといつも感嘆していた。ほんとは勉強よりも、日記を書いたり詩集を読んだりする時間の方が長かったとも知らずに。夕飯のお弁当を食べ終わると、読書室の裏にあった昔ながらの市場へ散歩に行ったものだった。途中にあった小さな本屋さんに立ち寄って本を見たりもした（ハン・ヨンウン*の詩集もそのころ買った）。人気《ひとけ》のない夕方の歩道で声に出して歌った、凍りついた空気に広がっては散っていった白い息として記憶に残る歌だ。でも、サヌルリムの歌でどれか一つだけ選べと言われたら、やっぱりこの歌、『青春』になるのだろう。

いつかは去るのだろう／青々としたこの青春／散っては咲く花弁のように／月明かりの夜は窓辺に流れる／僕の若い恋歌が物悲しい
過ぎ去った日々に手を伸ばして／手を伸ばして／掴めぬ手が悲しくなったら／いっそ手放さなくちゃ／背を向けなくちゃ／そうやって月日は流れてゆくのさ
僕を残して去っていった君のことは許すけれど／僕を捨てていく月日よ／心を許せる場所がなくて／虚しい心は／慣れ親しんだ遊び場を求めるのだろうか

亡くなったキム・ヒョン先生*が好きでよく歌っていたと、どこかで読んだ記憶がある。「いつかは去るのだろう、青々としたこの青春」という歌詞には、青々とした青春を病んでいる人間の切ない肉声が深く感じられる。のちに、ある人が替え歌で「去るなら去ればいい、青々としたこの青春」と歌うのを聴いて笑ったことがあった。それから十年の月日が過ぎたけれど、あの人は今、この歌詞をどんな替え歌にして歌っているのだろう。もう去ってしまっただろう、青々としたあの青春？　去ってしまうと淋しいもんだね、青かったあの青春？　それとも、いっそこんなふうに。去ってもいいもんだね、青々としたあの青春……。

そんな、二度と戻りたくない存在。それぐらい残酷な存在。ずっと、もう去るだろうかと待ちわびていた存在。でも振り返ってみると不思議なことに、月の光が煌々《こうこう》と輝く夜のある瞬間として記憶に残っている存在。青春、咲いては散る花弁のような。

＊【キム・チャンワン】（一九五四〜）歌手・タレント。サヌルリムのボーカルとギター担当。
＊【サヌルリム】キム三兄弟が結成したロックバンド。一九七七年にデビューすると前衛的な音楽を次々に発表して一大旋風を巻き起こした。
＊【読書室】受験生などが利用する有料のレンタル自習室。
＊【ハン・ヨンウン】（一八七九〜一九四四）独立運動家の僧侶で詩人。
＊【キム・ヒョン】（一九四二〜一九九〇）文芸評論家。

行進

作詞作曲：チョン・イングォン　歌：トゥルグックァ

高校二年のときに隣に座っていた子を思い出す。面長の顔、細い目、髪の短い楽天的な子だったが名前は忘れてしまった。その子は野菊《トゥルグックァ》*の大ファンだった。いや、熱狂的なファンだった。トゥルグックァのコンサートに行った翌日は一日中、まるで天国にでも行ってきたみたいに魂が抜けたような顔をしていた。

どうしてかはわからないけど、トゥルグックァの歌を聴いていると涙が出てくる。ただただ涙が出るんだってば。

その子がスケッチブックのページ一面をぐるりと縁取るように、ゴマ粒みたいな小さな文字でひたすらトゥルグックァ、トゥルグックァと書きながら、いきなり私に向かって尋ねてきたことがあった。

ねぇ、トゥルグックァって、こう書くんで合ってるよね？　ずーっと書いてたら字がよくわからなくなってきた。

私はその子からはじめて聞く話がたくさんあった。ステージに登場した歌手に向かって紙飛行機を飛ばして、大声で一緒に歌って、失神するほど号泣して、家に帰ったら夜ごとファンレターを書いて、プレゼントを贈るのだと……。トゥルグックァの歌も、その子に強く薦められて何度も聴いた。

いいでしょ？　本当にいいでしょ？　ねっ？

私は適当に頷くと、私が返したイヤホンを耳に差し込むその子の上気した顔を、珍しいもののように見守った。

半年間、その子の隣で毎日のように仕方なくトゥルグックァの歌を聞いて、トゥルグックァの写真を見て、その子が書くファンレターを読んでいたら、私までトゥルグックァってこういう字だっけ？　おかしな感覚に襲われるようになっていた。その子みたいに熱狂的なファンにはならなかったけれど、この『行進』という歌にはかなりはまった。

大学に入ってからはレコードも買ったし、『木の葉の間に』（歌詞の「街にはいつの間にか冷たい風」を「街にはいつの間にか暖かい陽射し」に変えて歌ったらもっと好きになった）、『祝福します』、メンバーのチョン・イングォンが一人で歌った『回って、回って、回って』、胸を貫くような機関車の車輪が回り出す音ではじまる『愛した後に』、軍隊が嫌で辛くて、それこそ身もだえする『二等兵の手紙』（この歌に比べると、キム・グァンソク*の同じタイトルの歌は本当におとなしい）などを好きになった。それでもはじめて好感を抱いたからだろうか、一曲だけ選べと言われたら、この『行進』が真っ先に浮かんでくる。

俺の過去は暗かったけど／苦しいときもあったけど／その過去を愛せるなら／思い出の絵を描けるなら／行進するんだ／行進／行進

俺の未来はいつも明るいとは限らない／苦しいときもあるだろう／でも雨が降ったらその雨に打たれ／雪が降ったら両腕を広げるだろう／行進／行進／行進するんだ

短い歌詞だけど、いま見ても良い。人生に対する姿勢をこんなにも明確に、シンプルに歌ってたのか……と思う。雨が降ったら黙ってその雨に打たれ、雪が降ったら両腕をいっぱいに広げるだろう。過去が明るかったからではなくて、むしろその逆で暗かったけれど、これからもつらいときはあるだろうけど、そんなことは関係ない。苦しい素振りは見せずにそうやって、行進するようにそうやって進むのだ。

これはおそらく、一糸乱れず、かっこよく、速く進む行進とは異なるのだと思う。よろめきながら、ふらつきながら、倒れそうで倒れない、それでもなんとか顔を上げて進む「歩み」なのだと思う。行進というよりは、行進しようとする姿勢とでも言うのだろうか。そんな想像をめぐらせると、歌詞のように悲壮感や勇気が湧いてくるというよりは、どういうわけか胸が締めつけられる歌だ。

*【トゥルグックァ】一九八〇年代の韓国を代表する伝説のロックバンド。八五年に発表したデビューアルバムは、当時としては異例の三十万枚の売上を記録した。
*【キム・グァンソク】「彼女がはじめて泣いた日」参照。

New beginning

作詞作曲・歌：トレイシー・チャップマン

ネルソン・マンデラがまだ投獄されていて、南アフリカの黒人がアパルトヘイトに抵抗していた時代に、アメリカのフォークソング歌手のトレイシー・チャップマン*が歌った曲だ。中性的な見た目と声、社会問題に対する強いメッセージを込めた歌で知られる黒人の女性歌手だ。

私がこの歌をはじめて聞いたのは十年前の春、勤めていた会社を辞め、長編小説を書こうと荷物をまとめて済州島《チェジュド》に移ったときだった。海が見える部屋を借りて二ヵ月、書くと決めた長編小説の序章だけを書いては消し、消しては書きを繰り返しながら島のあちこちを歩き回った。春の済州島は光り輝いていた。ずっと太陽の光に飢えていた私は心ゆくまで日光を浴びた。顔は真っ黒に焼けて、足には筋肉がついた。もう記憶の中の景色でしかないのに、目を火傷しそうなくらい強烈だったあの日差しが今もリアルに感じられる。

ソウルから済州島に発つ直前、小包で一本のテープを受け取った。友人の紹介で一度会った人が、自分の好きな曲をいくつか録音して送ってくれたのだった。そういえば私にブラームスを聴いてみろとはじめて言ってくれたのも、その人だった（その後、その人には会ったことが

ないのだが、ありがとう）。どれも良い曲で、済州島にいるあいだ一日も欠かさずにそのテー

プを聴いた。なかでもこの歌は、真摯な声で新たにはじめるんだ、すべて新たにはじめるんだ

と言い続けてくれるから特別な親しみを感じた。ちょうど自分が会社を辞めて、小説を書くだ

けの生活をやり直していたところだったから。

世界は手の施しようがないほど崩壊している／新たにはじめるときがきた／新たなはじま
りが必要／あまりにも多くの苦痛／あまりにも多くの苦しみ／すべてをやり直してみよう

もっと良くなるはずだという思いだけが／人生と道を変えるはず／新たな世界を作ろう／
そして新たにはじめよう

その後、ソウルに戻って暮らしていた秋のある日のことだった。街を歩いていると店の前に
置いてあったテレビで、この曲を歌うトレイシー・チャップマンの姿が生中継されているのを
見かけた。私は驚いて立ち止まった。なんとも童顔で地味な顔。あんなふうに淡々と歌うんだ。
淡々って、あんなにも大きな力なんだ。
凍りついたように立ち尽くしている間に歌は終わってCMになり、他の歌手の歌が始まった。

私は再び歩きはじめた。その瞬間から街の色彩が変わったような気がした。夕暮れどきの灯りのすべてが、少しずつ明るさを増したようだった。歌と一緒にみるみる押し寄せてきた膨大な記憶の中で。

覚えている。東の窓から青く漏れ入って私の眠りを奪った早朝の光。太陽が昇る前に防波堤まで歩いて、部屋に戻ったらカセットコンロで卵を一つ焼き、牛乳と一緒に朝食をとった日々。人の声が懐かしくなると聴いていたあのテープ。最初に録音されていたあの歌。イントロのリズムを聴くだけで、旧友に会ったように胸が熱くなる、そんな極めて個人的な理由から好きになった歌。

*【トレイシー・チャップマン】(一九六四〜)アメリカのシンガーソングライター。社会問題をテーマにした曲を多く歌っている。

タバコ屋のお嬢さん

作詞作曲・歌：ソン・チャンシク

タバコ屋のお嬢さんきれいだね
ショートヘアをくしけずって整えた姿が
本当にきれいだね
町中の若者は誰もかれも
チラチラチラチラ
でもお嬢さんは
つんとおすまし

お向かいのイカ野郎は肘鉄砲を食らったね
漫画屋のイカサマ野郎も肘鉄砲を食らったね
最後に一人残ったのは俺だけど
さあ、ご期待ください

近日公開！

翌朝早くからタバコを一つ買いに行き
持ってったバラを一輪さっと渡して
お嬢さんが驚いてる間に
にらめっこしましょ
笑うと負けよ
あっぷっぷ！
おりゃーーーーーーーーー！
あぁ、お嬢さんが笑った

朝からずっと胸ときめかせ
退社時間を待っていた
久しぶりの一張羅で
お嬢さんを待っていた
お上品に近づいて

笑顔でごあいさつ
でもお嬢さんは
鼻であしらった

このまま引き下がっては男がすたる
お嬢さんの足音に合わせて
後を追う
音を外したらダメだぞ
いち、にの、さん
おぉ、偉大なる俺の根気強さ！

そのとき
これまたなんてこった
横丁の入口で
隣町の不良どもが
お嬢さんを取り囲んだ

よっしゃとばかりに
白馬の王子さまのお出ましだ
おりゃーーーーーーーー！
あぁ、満身創痍

タバコ屋のお嬢さんきれいだね
以前の百倍はきれいだね
俺を見ると笑顔になるお嬢さん
心の底から愛してる
おりゃーーーーーーーー！
あぁ、俺はいま
タバコを買いに行くとこだ

歌を歌いながら、あんなにも笑えるなんて！

ソン・チャンシク＊がギター一本で歌う姿がテレビに映ると、どこにいても駆け寄ってブラウン管にかじりついたものだった。彼が歌う姿を見ているのが、ただただ好きだった。私が手にできなかった楽観性を感じたからだろうか？　大学時代、好きなタイプを聞かれたので「そりゃ、ソン・チャンシクでしょ」と答えて、その場を唖然とさせたことがあった。

「みんなが僕の声は宗教的だって言うんですよ」という言葉のとおり、ツインフォリオ時代の『白いハンカチ』みたいな歌には心を浄化させる力があるのだが、彼の歌から感じられるその感覚は長い月日を経ても輝きを失わない。『未亡人の歌』、『花より尊い女性』、『じゃんけんぽん』、『僕のそのほかの物語』、『禅雲寺』……。彼はどんな歌もゆったりと歌い上げる。歌を愛しすぎて、その愛が幸せすぎて、頭のネジが外れてしまった人のような笑みを満面に浮かべたまま。

のちに発表したこの『タバコ屋のお嬢さん』は、はじめて聴いた瞬間から好きになった曲で、今も聴くと笑いをこらえきれない。弟がこの歌を得意だということもあって、余計に親近感を覚える（そういえば兄の十八番もソン・チャンシクの『鯨とり』*だ）。こんなふうに最初から最後まで、まるで活動写真みたいに愉快な絵が眼前に描かれる歌は後にも先にも聴いたことがない。「さあ、ご期待ください　近日公開！」から、「あぁ、俺はいま　タバコを買いに行くとこだ」へと一節ずつがつながっていく、ゆったりとした心のつぶやきの妙味。

私は一度好きになったものはすり減るか失くすまで使うし、気に入ったCDは百回以上聴くし、一度でも感動をくれた作家や詩人はその後どんな変化を見せても、最後まで理解するし見捨てない。ソン・チャンシクもそうだ。子どものころ、両腕を案山子《かかし》みたいに思い切り広げて全身全霊で『笛を吹く男』を歌う姿に惚れて、彼のことが好きになった。思春期には「あのにやけたおっさんのどこがいいの？」「変てこな韓服を着るの、やめてほしい！」という友人の小言や非難を物ともせずにいた。そして今、歳月の流れがそのまま感じられる姿で、相変わらず頭のネジが外れてしまった人みたいな満面の笑みで歌う彼の姿にじんとくるなんて……おぉ、偉大なる私の根気強さ！

＊【ソン・チャンシク】1．くちずさむ「歌の翼」参照。

＊【鯨とり】ツインフォリオ解散後の一九七五年にソン・チャンシクがソロで発表した曲。軍事政権下にあった同年に公開された韓国映画『馬鹿どもの行進』で使用されたことがきっかけで、放送禁止曲になった。

恵化洞《フェファドン》

作詞作曲：キム・チャンシク　歌：トンムルウォン

今でもありありと思い描くことのできる風景がある。

母方の祖父が自ら野宿しながら建てたというこじんまりした韓屋の扉を開けて外に出ると、向かいに湖南《ホナム》石油の建物の長い塀が見えて、家の右隣には採石場が連なっている。舗装はされていなかったけど、きちんと整えられた道に沿って左側に上がって行くと文房具屋が一軒あって、そこから再び左に進路を変えると、孝洞《ヒョドン》小学校が見える。転校が多かった小学校時代にもっとも長く通った学校だ。運動場の半分はプラタナスの木陰になっているのだが、まだ学校が午前班と午後班にわかれていた時代で、午後班の子どもたちはその木陰でクラスごとに並んで教室が空くのを待つ。四年生のときの担任だったクァク・チャンナム先生が、四年三組の立札の下でレースを編んでいる。天使のように愛らしく見える。突然、私の肩に毛虫を三匹のせて走り去る意地悪な男の子たち。きっと捕まえてみせると、私はわんわん泣きながら追いかける。

家の横にある採石場は日曜が休みだったが、フェンスなども特にないのでいつでも入ることができた。大人の背丈ほどの花崗岩が数十個、手を加えられないまま転がっているその場所はかくれんぼにうってつけだった。岩に背中を押し当てて隠れていると、日差しで温められた石のぬくもりが心地よく全身に広がった。平日は採石場でコツコツと石を削るノミの音が思いのほかうるさかったけれど、子どもだったからか、それほど嫌だとは思わなかった。採石場の前には作業員のおじさんたちがうず高く積み上げた砂や石があって、砂の城を作るのにおあつらえ向きの場所だった。

小学二年生のとき、いつもそこに来て私と一緒に遊ぶ男の子がいた。名前は思い出せないのだが、背が小さかったので「ピーナッツ」というあだ名をつけてやった。家が遠いのに、その子はいつも我が家の前で遊んでいた。よく二人で砂の城を作って遊んだのだけど、その子と過ごす時間は、どうしてあんなに温かかったのだろう。どうしてあんなにあっという間だったのだろう。夕飯を食べに帰る時間がたまらなく嫌だった。私はその子とだけ遊んだし、その子は私とだけ遊んだ、一緒にいるだけでよかった、なにもしなくてもよかった、学校で会ってもずっと一緒にいたかった心。

三年生に進級して少しずつ成長してくると、子どもたちは女子と男子がそうやって仲良くしているのをからかうようになった。誰々は誰々と結婚するそうです、というしつこい歌。トイレの落書きの数々。その子も私もなんだか気まずくなって、それからは以前のように遊べなくなった。どちらが先だったかもわからないまま疎遠になって、朝礼の時間に遠くに立つお互いを横目で見るだけになったのだが、私が転校して永遠に会えなくなった。

今ではその子も私と同じくらい歳を取っただろう。ひときわ顔の黒い女の子と遊んだこと、もしかして覚えているだろうか。

動物園《トンムルウォン》＊というバンドのデビューアルバムとセカンドアルバムは、友人が録音してくれたテープで聴いた。『街で』や『変わっていくね』『言えない恋』も、もちろん良かったけれど、「三等車、列車に身を預けて眠ってしまった私は泣いた」ではじまり、「目を開けろ、なにが私の小さな胸を照らす大きな光になれるのか」と問う『無銭旅行』のたどたどしい感じが好きだった。そのせいか、セカンドアルバムではこの『恵化洞』がいちばんのお気に入りだった。おそらく彼らの歌の中でもっとも清らかで、ほのかな美しさを持った歌ではないだろうか。「子どものころ　一緒に遊んだ路地で会おうと……」という部分を聴くたびによみがえるのが、この採石場前の砂の城だった。


ずっと忘れていた友から電話があった／明日になったら遠くへ旅立つと／子どものころ一緒に遊んだ路地で会おうと／明日になったら　とても遠くへ行くと

子どものころ一緒に夢みた胸おどる世界を見ようと／明日になったら遠くへ旅立つと／いつか戻ったら笑顔で会おうと／明日になったら　とても遠くへ行くと

二十歳の夏休みだった。光州市内をさまよいながら、その路地を訪ね歩いたことがあった。市内の端から端までバスに乗れば十分で往復できた時代に光州を離れたので、すべてが見慣れない景色だった。季節は蒸し暑い夏で、全身汗びっしょりになってようやく孝洞小学校を探し当てた。運動場にあれほど生い茂っていたはずのプラタナスが、実際はせいぜい十本程度にすぎなかったことを知って驚いてから、記憶のとおりに歩いて韓屋の家が以前にあった場所を割り出そうと苦労した。

なかった。なにも。アスファルトが敷かれた二車線道路と、向かいのカラオケボックス。食堂。建物。建物。建物。歩道のブロックと横断歩道。

幼いころに遊んだ路地が、この世のどこかにそっくりそのまま残っている青年。その路地で幼なじみに会うために、列車に乗って向かう歌。聴くたびに胸がドキドキした。路地の向こうから友だちが駆けてくる場面では、いつも心が揺れた。路地で生まれて、路地で育って、今はもう跡形もないその路地で初恋を学んだ私は。

*【トンムルウォン】一九八八年にデビューしたフォークバンド。結成当時はキム・グァンソクを含む七人の大学生がメンバーとして名を連ねていたが、現在は三人で活動している。

Gracias a la Vida　（人生よ　ありがとう）

作詞作曲：ビオレッタ・パラ

少し前のこと、使っていない鞄を納戸から引っ張り出して整理していたら、幾重にも折ったA4用紙を見つけた。広げてみると、長いメモ書きがあった。

私が持っているもの

目があるから、この世の美しさを、
愛する人たちの顔を、表情を見ることができて
本が読めて
絵が見られて
木を見ることができる。

耳があるから、

風の音、雨音、
愛する人の声
音楽を聞くことができる。

鼻があるから
あらゆるにおい――ヨモギのにおい、赤ちゃんのにおい、草のにおい、土のにおい、
焼き芋のにおいをかぐことができる。
香ばしく、かぐわしく、ほのかに。

口があるから、
話せて、
歌えて、
味わうことができる。

皮膚があるから、
風を感じて、水の温もりを感じて、

子どもの肌を感じることができる。

だから
これらだけを感じて、
リアルに受け止めて生きるのも悪くないということ。

暗いもの。
重いもの。
このすべての感覚を忘れさせて、ひび割れさせるもの
——恐れ。後悔。憂い。葛藤。
を克服すること。
その道を探すこと。

生きてゆける道を取り戻すこと。

最後の行、「生きてゆける道を取り戻すこと」に下線が引かれていた。

忘れていた記憶がよみがえった。踊りながら『Let it be』を聴いていたころに書いたメモだった。自分は本当にすべてを失ったのか、小説を書けなくなったからってほんとにそう思ってもいいのか、疑問に思いながら白い紙を広げて丹念に書き出していった。決して否定できない、確固たる事実だけを書いてみようと思いながら書き進めると、こんなリストができあがった。

決して否定できない確固たる事実のリスト。タイトルのように「私が持っているもの」のリスト。当然のことかもしれないけれど、すべての源である五感。そのころの私はプライドというものがほとんど存在しないくらいに内面が荒廃していたのだけど、誰が命じたわけでもないのにこんなリストを作る決心をしたというのは、いま思うと不思議なことだ。もっと不思議なことは、このリストが『Gracias a la Vida』の歌詞とそっくりだという点だ。この歌の豊かな生命と感謝、祝福に満ちた詩的な歌詞に比べると、日常的な言葉で書かれた私のリストは、それこそ最低限のことを覚えておこうという最初の一歩、いや、最初の一歩の一部でしかないけれど。

人生よ　ありがとう　こんなにたくさんのものをくれて
人生はくれた　二つの瞳を　それを開けば私ははっきり見分けられる

白と黒を
高い空の　星のきらめく奥底を
群衆の中から　私の愛するひとりの人を

人生よ　ありがとう　こんなにたくさんのものをくれて
人生はくれた　聴くための耳を　それで私はゆったりと夜も昼も聴きとっている
こおろぎを　カナリアを
ハンマーを　タービンを　犬の吠え声を　にわか雨を
そして愛する人のやさしい声を

人生よ　ありがとう　こんなにたくさんのものをくれて
人生はくれた　音を　アルファベットを　そして言葉を
それで私は言い表わせる
母や　友や　兄弟のことを　そして愛する人の魂の
道すじを照らす光のことを

人生よ　ありがとう　こんなにたくさんのものをくれて
人生はくれた　この疲れた両足を
その足で私は歩き廻った
町や港を　海辺や砂漠を　山や野原を
そして　あなたの家　あなたの街　あなたの中庭を

人生よ　ありがとう　こんなにたくさんのものをくれて
人生はくれた　この心臓　それは私の胸をときめかせる
人間の知恵の果実を見るときに
悪から　そんなにも遠くへだたる善を見るときに
あなたの澄んだ目の奥底をのぞくときに

人生よ　ありがとう　こんなにたくさんのものをくれて
人生はくれた　笑いと　涙とを
それで　私は見分けられる　嘆きと幸せとを
私の歌を形づくる　二つのものを

あなたたちの歌　それは私の歌
みんなの歌　それは私自身の歌
人生よ　ありがとう！

［水野るり子訳『人生よ　ありがとう』（現代企画室・インディアス群書第八巻）所収］

この歌を知ったのは二年ほど前だった。偶然手に入れたメルセデス・ソーサ*のアルバムのラストに入っていたのだ。一つだけ知っているスペイン語が「ありがとう」なのと、高校ではフランス語も少し習ったので、おそらく人生に感謝する内容だろうという推測はしていた。歌詞全体の意味まではわからなかったけれど、繰り返されるその言葉、「Gracias a la Vida」を聞くたびにどういうわけか心が惹きつけられた。その後、ワールド・ミュージックに関する本を読んでいたときにこの歌詞を見かけて、チリのビオレッタ・パラ*という歌手が浮き沈みの激しい人生の末に書いた曲だと知った。

たくさんの人がこの曲を歌ったけれど、メルセデス・ソーサの歌声がいちばん正直で深みを感じる。ワールド・ミュージックを好きな友人が聞かせてくれた、ジョーン・バエズとメルセデス・ソーサのデュエットも感動的だった。ライブの熱のこもった躍動感が、すべての生を心から祝福する祝祭のようだった。

大学時代の恩師であるチョン・ヒョンジョン*先生の詩に『愛する時間は多くない』というのがある。詩創作論の時間に私が提出した詩に「私の青春が一夜のうちに泥水の如く押し流されてしまいました」という一節があったのだが、講義の時間に先生が私に向かって尋ねた。「本当に青春が行ってしまったと思うのかい？」私が答えられないでいると、先生は笑いながらおっしゃった。

「……私は今も、毎晩のように月の光に心を奪われているが」

そのとおりなのかもしれない。月の光を感じる時間、愛する時間は多くないのかもしれない。この歌のように、人生に告白する時間はそう多くないのかもしれない。ほんとは人生よ、あなたにありがとうと。こんなにたくさんのものをくれて。

*【メルセデス・ソーサ】（一九三五～二〇〇九）アルゼンチン出身のフォルクローレ（南米アンデス地方の民族音楽）歌手。

*【ビオレッタ・パラ】（一九一七～一九六七）チリを代表するフォルクローレの歌手。幼いころから家計を助けるために酒場や食堂で歌ってきた。海外でも活躍して人気を博したが、一九六七年に自ら命を絶った。

*【チョン・ヒョンジョン】（一九三九～）現代詩人・翻訳家。

夜に旅立った女《ひと》

作詞作曲：キム・ソンジン　歌：ハ・ナムソク

昔からの友人は、タクシーに乗ると私が別人みたいになるのをいつも不思議がる。実際に私は一人旅に出ると、はじめて会った人と平気で——元から快活な人間だったみたいに——言葉を交わすのだが、ソウルではタクシーに乗ると時々そうなる（だからってほかの人より頻繁にタクシーに乗っているわけではないけれど）。

もちろん、なんとなく声をかけない方がよさそうな運転手もいるから、そんなときは静かにしている。あまり気が乗らなくて一言も話しかけないこともある。でも、ほとんどの場合とりとめのない話からはじまって、最後はかなり深い話まで交わしてタクシーを降りる。あるときなど運転手も私もげらげら笑いながら目的地に着いたのだが、愉快になった運転手が料金の端数をおまけしてくれたこともあった。

一体どんな話をするのかって？　それこそありとあらゆる話。これまでの人生の話。世の中の話。客の悪口。タクシー会社の悪口。つらい日々の生活。以前に勤めていた会社の話。家族の話。子ども自慢。清渓川《チョンゲチョン》が高速道路に覆われる前のソウルの話。すぐに別れる相手と知りながら（もしかすると知っているから）、心を開いてくれる人もたまにいる。三年前に心臓麻痺で亡くなったお兄さんの話をしながら、運転手も涙、私も涙。

夜の十時頃にタクシーに乗ったことがあったのだけど、心も体も疲れ切った日で、私は暗い車窓をただ見つめていた。左折の信号が短すぎて、かなり待たされる十字路だった。そのときラジオから歌が流れてきた。

白い手を振りながら口元には美しい笑みを浮かべているけど／大きな黒い瞳いっぱいに涙が見える

君が遠くに去ってはじめて僕は孤独を知った／涙を見せまいとただ遠い空をみつめた

君と僕／気の合う友だちだとばかり思っていた／君が遠くに去って愛だと知った

いつまた会えるか／約束もできない別れ／彼女が最後に残した言葉／私の心に／私の体に／春が来れば

本当に久しぶりに聴く、メリーゴーランドに乗っているように爽快な歌。ところがタイトルが思い出せなかった。歌が終わったらＤＪが言ってくれるだろうと思っていたのに、歌をかける前に紹介したのか、そのまま次の曲に移ってしまった。タイトルだけでもわかれば音源サイトでもう一度聴くこともできるのに。


あの……今さっき流れた曲のタイトルをご存じですか？

ためらいながら私が尋ねると、後頭部が白髪の運転手は答えた。

……知っていますよ。

なんですか？

タイトルを知って、どうするのですか？

……あとで歌ってみようと思いまして。

どこで？

カラオケには久しく行ってないし、今後も行くことは特にないだろうけれど、私は気楽に答えることにした。

まあ、カラオケみたいな所で。

カラオケはよく行きますか？

いいえ、そうでもないのですが……それで、タイトルはなんですか？

運転手はもう少し焦らしたい様子だった。

ところで、この歌が好きなんですか？

はい、まあ……。

若い人が、この歌を知ってるんですか？

あの……子どものころに聞いたのを思い出しまして。

ほぉ……。

私はそれっきり諦めてしまった。答えてくれないなら聞くものか。しばらくして運転手が長いため息をつきながら言った。

『夜に旅立った女《ひと》』じゃないですか……ハ・ナムソク*が歌った。

あ、そうです。『夜に旅立った女！』

思わず歓声を上げると、信号を見る運転手の暗い眼差しがバックミラーに冷たく映っていた。急に恐ろしい考えが頭をよぎった。夜タクシーに乗るときは、運転手の顔をよく見てから話しかけるようにしていたけれど、この運転手の顔は善良な人のそれなのか、一見したところ判断がつかなかった。むやみに話しかけるのではなかった、これ以上は話すのをやめようと車窓に顔を向けていると、運転手はジジジと音を立てながら周波数を変えて、変えて、また変えた。

三秒、五秒間隔で。怒ったのだろうか。つらいいきさつでもある歌だったのだろうか。私はいてもたってもいられなくなって、携帯電話を取り出すとぎゅっと握りしめた。

ようやく無事に家の前に着いたとき、財布を取り出す私に向かって運転手が言った。

……お客さんが降りる前に、また良い歌が流れないかと回し続けてみたけど、くだらないのばっかりだったね。

タクシーの室内灯が点灯して、ようやくまともに見た運転手のしわが刻まれた顔は、これ以上ないほどに穏やかだった。

タクシーに乗ると、どんなに世知辛い世の中でも良い人の方が多いのだということを学ぶ機会が多い。細やかな、そして肝に銘じておくべき忠告を投げかけてくれた運転手が思い出される。

「子育て中だからって残り物ばかり食べたり、疲れてるのに窮屈な格好で寝たりしてはいけませんよ。引け目を感じることなく食べて、手足を伸ばして寝なさい。妻を見ていて思いました。そうやって生きてきた結果、痛かったり具合の悪かったりするところがどれほど多いことか……。一度きりの人生じゃないですか」

暗くて見分けがつかずに千ウォン札だと思って差し出した五千ウォン札を、当然のように返してくれる心。

くじいた足首の治りが悪いなら、どこそこの病院の整形外科のなんとか先生に診てもらえと詳しく教えてくれる心。

見知らぬ客が降りる前に、良い歌をもう一曲聴かせてあげたかった、その心。

あれから一度も歌ったことはないけれど、その心を忘れないように、ここに記しておく。

『夜に旅立った女』、ハ・ナムソクが歌った。

＊【ハ・ナムソク】（一九四九～）柔らかな美声の持ち主として名高いシンガーソングライター。一九七四年に『夜に旅立った女』でデビューした。

愛する人へ

作詞：パク・ウノク　作曲：チョン・テチュン　歌：パク・ウノク&チョン・テチュン

美しい声に心を動かされ／いつのまにか恋に落ちていた
夜が更けても眠れなくて／想うのはあなたのことばかり／恋はこうして無言でやってきて
／心をわしづかみにする

ここへ来て／この夜道で／月光の下で静かに／震えるこの手を握ってほしい／燃える胸を
抱きしめてほしい

たまに誰かが話すのを聞いていると、音楽みたいだなと感じるときがある。声の高低と言葉の長短、音色と休止符に耳をすましてみると、ふと、その人のことが好きになったりもする。身体から発せられる肉体的なものだけど、魂がそっくりそのまま込められている声。

だからなのか、声に心を動かされていつのまにか恋に落ちていた、というこの歌詞には「あなたをはじめて見た瞬間、恋に落ちた」というありふれた物語よりも、真実の響きがある。韓国のロックバンド、デリスパイス*が延々と「君の声が聞こえる」と繰り返す歌を聴くと、遥か遠くへと心が突き動かされるのも似たような理由からではないだろうか。

君の声が聞こえる／君の声が聞こえる／君の声が聞こえる／どんなにさえぎろうとしても／どんなにさえぎろうとしても

亡霊っていうのはたぶん、恋に落ちたときに相手に対して持つイメージみたいなものだと思う、と語っていた先輩を思い出す。人間の魂についての真剣な会話のなかで何気なく出てきた言葉だったけれど、それを聞いてからはたまに、先輩が亡霊のように抱えていた女性の儚《はかな》げなイメージを想像したりもした。幻影のようにこだまする声。夜更けに眠れなくさせる、やたらと浮かんでくる姿。

パク・ウノク*の声が好きだ。話すときの毅然とした真摯な感じも好きだ。深く、嘘偽りのない、悲しい声。人となりもそうなのだろうと信頼させてくれる声。聴く人の痛みや苦しみのかたわらで控えめに頑張っているような、同時にとことん慰めて労わってくれるような声。内へ、内へと力強い声。彼女の夫でデュエットの相手、チョン・テチュン*も好きだけど、パク・ウノクがソロで歌うCDが欲しい。切に。

『音もなく白い雪が降って』
『この暗いトンネルを乗り越えて』
『ろうそくの灯《ともしび》』
『北漢江《プッカンガン》にて』

どれも良い歌だけど、二人の歌から一曲を選ばなければならないとしたら、この『愛する人へ』だ。熱き胸ではなくて、「燃える」胸で歌う歌。一人で明かすのはつらい夜。あなたが静かにやってくることを願う歌（息切れするほど急いで走ってはこないように）。震える私の手が気恥ずかしくないように、相手の方からそっと握ってくれることを願う歌。少し古風な歌詞のように、二人の歌声も奥ゆかしい。

そうやってみるとこの二人、歌詞のようにお互いの声に心を動かされたのだろうか。一人、寝付けぬ夜。幻影のような声が胸にしみたのだろうか。そうだったのだろうか。遥か昔、春の夜。百年前にも、数千年前にも、今日も、そしてのちの世にも、そうやって震えながらわしづかみにされる、たおやかな心たち。

＊【デリスパイス】パソコン通信を介して一九九五年に結成されたモダンロックバンド。一九九七年のデビューから何度かメンバー交代を経て、現在は三人で活動している。

＊【パク・ウノク】（一九五七～）一九七九年にデビューしたフォーク歌手。デビューの翌年にチョン・テチュンと結婚、夫婦で多くのデュエット曲を歌った。

＊【チョン・テチュン】（一九五四～）一九七八年にデビュー。社会的なメッセージ性の強い「韓国らしいフォークソング」を追求してきた。社会運動家としても知られている。

500 miles

作詞作曲：ヘディ・ウェスト　歌：ピーター・ポール&マリー*

私は自分が生まれた家を覚えていない。光州の町外れに間借りしていた線路沿いの部屋で母は私を産み、私が二歳になった年にそこを離れたからだ。そのせいか、私は列車の音が大好きだ。列車に乗っているとただ嬉しくて、客車と客車のあいだを渡るときに聞こえる騒々しい車輪の音すらも好きだ。母の胎内で、そして生まれてから二年間ずっとその音を聞き続けていたから、あるいは自然なことなのかもしれない。列車の音が入った音楽も好きで、五本指《タソッソンカラッ》*が歌う『夜明けの列車』をよく聞いた。ひんやりと冷たい列車の走行音が沈黙を横切って通り過ぎると聞こえてくる、もの悲しいピアノの音色。

日が暮れて暗い街を一人で歩きながら／涙のように沁み入る悲しい別離が……

『500 miles』には列車の走行音は入っていないけれど、遥かなる郷愁を誘う歌だ。夜行列車に揺られて旅立つ人。遠く彼方に懐かしい場所がある人。車窓に映る赤や黄色の灯り。夢のようにちらつく横顔の数々。

子どものころから故郷に行くときは列車を利用していた。母が包んだゆでたまごを兄弟たちと顔を突き合わせて食べ、ファンタを飲んだ。がたんという音とともに、おいしいものでびっしりのカートを押しながら客車に入ってくるおじさんの姿はいつも驚きだった。高速バスほどではなかったけれど、子どもだったからか乗り物酔いのような症状になることがあった。そんなときはサイダーを飲んで、空いている席に横になると縮こまった。車輪の振動と音が体にしみこんでくるのを感じながらすっと寝入ると、すべてが遠のいていった。

二十歳を過ぎてからは、一人であちこちほっつき回った。女の一人旅は危なくないかという質問にはいつも「お洒落して行きさえしなければ大丈夫」と答えた。だぶだぶのジーンズにジャンパーを着て、野球帽を目深にかぶり、巨大なバックパックを担いで歩き回れば、誰も私を煩わすことはない。

はじめて書いた長編小説の背景が江原道《カンウォンド》一帯だったので、夜に清涼里《チョンニャンニ》から江原道へと出発する列車に何回か乗った。たくさんの駅で人々が乗って降りて、寝る者は寝て、騒ぐ者は騒いでいるあいだ、その果てしなく黒い夜を全身で突き抜けながら通り抜けていく列車の轟音を愛した。枕木と、線路と、そのあいだに生えている乾いた草を愛した。淋しくなかった。すべてはただ、満ち満ちていた。

あなたが私の乗る列車に間に合わなければ／私は一人で旅立つことになるのでしょう／
500マイル先から届く／汽笛の音があなたの耳に届くでしょう
100マイル　もっと遠く／200マイル　もっと遠く／300マイル　もっと遠く／
400マイル　もっと遠く／故郷から500マイルも離れたところに来てしまった

静かでシンプルな歌が好きな私に、この曲はまるで静けさと単純さだけで構成された原形質のように滲む。聴きながら目を閉じると、列車に揺られてどこかへ旅立っていくような、非現実的な気分になる。100マイル、200マイル、300マイル……。あぁ、500マイルも離れた遠くへ自分はやってきたのだな。今、この瞬間にも遠ざかっているのだな。どこからか。覚えているけれど決して戻ることはできない、遥かな日々から。

＊【ピーター・ポール＆マリー】一九六〇年代のアメリカを代表する三人組のフォークグループ。ベトナム反戦や公民権運動など、社会問題を訴える曲を多く歌った。
＊【タソッソンカラッ】一九八五年にデビューした男性グループ。代表曲『風船』が二〇〇六年に東方神起によってカバーされ、話題になった。

三日月

作詞作曲・歌：イ・サンウン

若いイ・サンウンが歌謡祭でタンバリンを振りながら『ダムダディ』*を歌うのをテレビの生中継で見た。かなり昔のことだ。

「うん。あの人が大賞だ」

「やっぱり？　私もそう思う」

一緒に見ていた幼い弟とそう言い合いながら、予想通りの結果にうなずいた覚えがある。その後、歌手として活動するイ・サンウンに対しては歌のうまい大衆歌手、好感が持てる人柄という印象を持つ程度だった。

そして膨大な時間が流れ、深夜に偶然つけたテレビで再び彼女を見た。飾り気のないステージの真ん中で、脚の長いスチールチェアに座って、やつれて、成長したように見える彼女はマイクを握って誠実に歌っていた。

淋しくて変てこな店にお入りください／オレンジ色のかつらを被ってから／ときは流れて

／光を吐き出して／鳥が泳ぐように／嘘みたいに／嘘みたいに

そのとき私をいたく感動させたのは、彼女はその独特な歌を歌いながら間違いなく存在しているという感覚だった。ほかの誰でもない彼女自身としてそこに存在していて、それを淡々と語っていた。そのあいだ彼女になにがあったのかはわからないけれど、人がそこまで変われるという事実は私を驚かせた。

その後、『アジア式処方』というタイトルのCDを買って聴いたのだが、彼女がアイドルスター時代にとても不幸だったこと、逃げるように留学して絵を学んだこと、長い模索の末に自分の音楽を発表したということを知った。そうした経歴のせいだろうか。彼女の歌を聴いていると、遠い道の先に一人でいる人の姿がぼんやりと浮かんでくる。立っていたり、歩いていたり、歌っていたり。

波が陸地へ押し寄せる。すべてが押し寄せるように迫ってきて、すべてが押し流されるように遠のいていく。無限に繰り返され、満ち潮と引き潮のよどみのない曲線を描く。

それは月の営みだ。満ちて傾き、海をたぐり寄せて、開放し、またたぐり寄せる。月が満ちて欠け、沈み、また昇って満ちるリズム。海が押し寄せて遠のき、また押し寄せてくるリズム。

冬が去り、春が来て、また木々が花火のように芽吹くリズム。

三日月／きいろい涙を流したら／その涙を摘んで作ったきれいな首飾りをかけて／あなたの国へ行こうか

逢いたいと／逢いたいと／言いながら　あなたのふところに抱きしめられようか／いつかは

打ち寄せる波のリズムの上で、この歌は歌われている。心の内側を感じさせる、不器用でテクニックを使わないイ・サンウンの声は月光のように青みを帯びている。淋しげな歌詞と旋律を淡々と鎮めてくれるのが、あの波なのだ。押し寄せては……沈黙、引いては……沈黙。また引いては……沈黙。その穏やかで無限のリズムがあるから、有限のこの歌がより美しく感じられる。

＊【イ・サンウン】（一九七〇〜）一九八八年にアイドル歌手としてデビュー。留学後の一九九〇年代から、日本やアジアでシンガーソングライターとして活動するようになる。日本での芸名は Lee-tzsche（リーチェ）。

私の愛、私のそばに

作詞作曲：オ・テホ　歌：キム・ヒョンシク

否定することのできない生の美しさを想うと、浮かんでくるイメージがある。逆光を浴びる木、その葉。八番のバスに乗って向かう途中にいつも見えていた昌徳宮《チャンドックン》の石垣。日差しを浴びてきらめく水の色。それが川だろうが、海だろうが、小川だろうが（だからハン・ヨンエ*の『早瀬』という曲が大好きだった）。

映画『ベルリン・天使の詩』に、こんな場面がある。交通事故に遭って死にゆく男がいる。こんがらがった内面の独白、罵詈雑言、絶望と怒りのなかで彼は死んでゆく。そのとき悲しい顔をした天使が近寄って、彼の頭を抱きかかえる。理由はわからぬまま彼の独白の様子が変わる。はじめて自転車の乗り方を習った日。はじめて恋心を抱いた日。輝いていた、ある午後の幸福。アルベール・カミュ……。彼の目は次第に焦点が定まらなくなっていく。もし私がその人だったら、逆光を浴びる木、昌徳宮の石垣、きらめく波……とつぶやいただろうか。

死の間際の一、二秒、人生すべての記憶が走馬灯のようによみがえるという話がある。そんなに短い時間でほんとにそんなことが可能なのだとしたら、おそらく人生の季節ごとに、閃光のような一つのイメージに集約されてよみがえるのだろう。それよりも『ベルリン・天使の詩』のように、順不同でまばゆい記憶だけ思い出せたら良いのだけど。

必ずしも死の直前でなくても、誰でも一度は幼いころからの記憶をゆっくりたどってみたことがあるはずだ。そうやって大学時代までさかのぼってみると、短い閃光のように私の目を覆う一瞬のイメージがある。大学の正門前の高架を通り過ぎていった夜行列車、その下の暗いトンネルを通り抜けていった男子学生たち。三人で肩を組んで、喉も裂けんばかりにこの歌を歌っていた。

私の愛のすべてが去り行く日が／あなたのその笑顔の裏にいるのに
愛するあなた　そばにいて／この世にただ一人　あなただけが／つらすぎる日々にあなたまでいなくなったら／ふらつく私を抱きしめてくれる場所はどこに

どれだけ飲んだのか、みんな歌詞のようにひどくふらついていた。歩きながら、笑いながら、大声を張り上げながら、彼らは冷たい風の吹くその晩秋の夜を通り抜けていった。

面識のない人たちだったのに、どうしてそんなに強烈な印象として残っているのだろう。彼らの姿を見ていた私の心はどん詰まりで、悩みも多くて淋しかったはずなのに、なぜあんなにも生き生きとした印象だけが鮮明に残っているのだろう。否定することのできない美しいある一瞬の姿として、消えることなく残ったのだろうか。

この曲を歌ったキム・ヒョンシク*は、歌うために生まれてきた人という言葉がぴったりな気がする。歌に携わる人はみな、程度の差こそあれ旅人なのだろうけれど、彼はそれこそ旅するようにこの世にやってきて、歌だけ歌うと去っていったような人だ（そういえば、キム・グァンソクもそうだ。二人とも早世したからだろうか）。

彼の死後に制作されたドキュメンタリー番組で、ある同僚の歌手がこうコメントしていたのを思い出す。

「一緒に海へ遊びに行ったんですが、明け方に見た彼の姿が忘れられません。シャワーも浴びずに、裸足で、傷だらけの裸足で、大声を上げながら走って行った姿が」

それから私にとってキム・ヒョンシクのイメージは、傷だらけの裸足の男になった。抑えきれない情熱が炎のように内面を燃やす人。燃やして燃やしたものが歌になった人。

『冬の海』という歌が本当は好きなのだけど、高架下での合唱が忘れられなくてこの曲を選んだ。どの本だったか「私の愛のすべてが去り行く日が……」とはじまる部分は五音音階*なので、より私たちの琴線に触れるのだというくだりを読んだとき、もっともだという気がした。

凄絶に美しく、熱くも抒情的な、多くの人々の心を揺さぶった、ある季節の思い出の起爆装置を刺激する、この歌。

＊【ハン・ヨンエ】（一九五七～）シンガーソングライター。演劇やミュージカルの俳優としても活躍している。

＊【キム・ヒョンシク】（一九五八～一九九〇）一九八〇年代に活躍したシンガーソングライター。今も多くの歌手が曲をカバーしている。『私の愛、私のそばに』は彼の死後に仮録音されたヴァージョンが発売され、二百万枚の売上を記録した。

＊【五音音階】一オクターブのなかに五つの異なる音を含む音階。東洋の伝統音楽や各国の民謡に多く見られる。

手紙

作詩：尹東柱　作曲・歌：アン・チファン

最近では手書きの手紙は珍しくなってしまったけれど、一時期は実に熱心に手紙を書いていた。中学時代の親友と別々の高校に進んでからは、週に一通ずつ手紙を交換した。七、八枚ずつ便せんを入れた封筒は思いのほか重くて「私たちはもっと切手を貼らなきゃダメかもよ」と冗談を言っていた。

メールでのやりとりが主流になる直前まで交わした手紙は、全部で何通になるだろう。数年前にどんな決心からか、持っていた数百通の手紙を燃やしてしまった。もちろん今は後悔している。すごく後悔する日もある。小学校時代の友だちや先生にもらった手紙から、ありありと目には浮かぶけれど決してすべてを思い出すことはできない手紙の数々まで。振り返るのはよそうという思いから燃やしたのだろうけれど、ときには振り返ってみるのも悪くないと、なぜあのとき思えなかったのだろうか。いちばん懐かしいのは筆跡だ。親しい誰かを思い出すと、笑顔、目元、声、足取りと共に浮かんできた、優しかったり、稚拙だったり、丸かったり、長かったりした、あの筆跡の数々。

アン・チファン*が歌う『手紙』をはじめて聞いたのは、水流里《スユリ》にある書店だった。行くといつも緑茶を出してくれて、たまにおいしい夕飯も食べさせてくれて、胃がもたれると手のひらにお灸をしてくれて、本を広げて四柱推命も占ってくれた店主の女性が、一時期アン・チファンのアルバム『ノスタルジア』ばかり聴いていた。夏のある日、書店の裏にある部屋で寝そべって本を読んでいたとき、この『手紙』が流れるたびにしばらく本を閉じたことを思い出す。

恋しいと書いてみる／いっそ言うのはやめよう／ただ長い年月が過ぎたとだけ書こう／いつまでも眠れぬ長い夜／どうかすると泣いたと言うのはやめて／たまに恋しいときもあったとだけ書こう

アン・チファンの切々と訴えるような声が好きで、たまに大音量でかけて一緒に歌ったものだけど（彼の歌『告白』など）、この歌はじっと息を凝らして聴いてしまう歌だ。いじらしくて痛々しくて、仕事の手が自然にとまる。

先日、二十代半ばの後輩たちと、五十代前半の先生のあいだに座る機会があった。先生がおっしゃった。

「こういうの、理解できないでしょう？　私たちが学生のころは、男子学生が軍隊に行くことになると、人知れずその学生を慕っていた女子学生が夕飯をおごると誘うんです。それで、二人でご飯を食べながらなにをするかというと、なんの話もしない。それから女子学生は一人待つ。待つとも告げずに、なんの約束もしないまま、ただ」

後輩たちが言った。

「わあ、やるせないですね……。でも、よく理解できません」

その当時の想いと最近の想いが大きく異なる点は、もしかすると時間の感覚なのかもしれないと、そのときふと思った。長い時間が積み重なった想い。携帯電話はおろか電話のない家も多くてすぐには連絡が取れず、手紙を書くと、相手に届いて返事が来るのに最低でも一週間はかかった時代。待つことに、不在に、恋しさに慣れていた時代に自然と生まれた想い。言うに言われぬ想い。いっそ言わない方がいい想い。言わなくても察する想い。察してもらえなくてもどうすることもできない想い。

手紙が電話より良いのは、長いこと考えてから言えるからだ。そのせいだろうか、私には本当に重要な話は手紙で伝えるくせがある。永遠に証拠として残っても構わない話だけを書こうという心構えが、かえって話をわかりやすくしてくれる。そうですね……と頭をかいたり、よそ見ばかりしたり、笑いで適当にごまかしたりできない白い紙の前で、相手のことをじっくり考えてみると。

時々そうやって昔の感覚で、モニターの前に長いこと座って電子メールを書く。ショートメッセージを送るときも、こう書こうか、ああ書こうかと悩みながら数分が過ぎてしまうことがある。物を書く人間だからというよりは、長いこと手紙を書いてきた習慣のせいではないかと思う。

長い月日を経た歌が良いわけは、もしかすると長い月日を経た想いが良いからだろうか?

＊【アン・チファン】（一九六五～）一九八六年、韓国の民衆歌謡（民主化運動や労働運動、学生運動などの闘いの中から生まれた曲）を歌う歌手として活動をはじめた。反政府・民主化運動を象徴する歌手と言われている。

彼女がはじめて泣いた日

作詞作曲：イ・ジョンソン　歌：キム・グァンソク

この人の話は長々と書くと心が痛くなりそうなので、短めに書こうと思う。それでも外せない人だから書くことは書く。まあ、私が書かなかったからといって彼は残念がったりしないだろうけど。

キム・グァンソク*が歌う姿を二度、生で見た。最初は大学時代、秋の文化祭に招待されて来たときだった。「二輪で行く自動車……」と軽快にはじまった歌が「雷の音にあくびする女」の部分に至るや、観客がみんな大笑いしたのを覚えている。ステージに立つ彼の顔にも、楽しそうな笑顔が広がっていた。

二度目はコンサートを観た。とても小さな劇場だったのだけど、観客の反応が奇妙に重たい日のようだった。一緒に歌う人もいなくて、全員が壁のように座っている雰囲気だった。キム・グァンソクが『待ってくれ』を歌ったのだけど、待ってくれという歌詞に合わせて客席から発せられるはずの「待ってくれ」という合いの手がなく、ただしんとしていた。あまりの状況に横のギター奏者が「まっ・て・く・れ」と口を動かして合いの手を求めたにもかかわらず、客席はやはりしんとしていた。その沈黙の中で私ひとりが大声で歌うこともできず……。そんな観衆と二時間を過ごして、彼はへとへとに疲れたようだった。最後にあいさつする顔には疲労の色が濃くて、なぜか申し訳ない気持ちになった記憶がある。

数年前、ある文学賞の授賞式の打ち上げでのことだった。私と同世代の人たちが集まったテーブルで誰かがキム・グァンソクの『愛していたけど』を歌ったのだけど、三節目にさしかかると、それぞれが小さな声で一緒に歌い出した。「ときには涙も流すだろう、恋しさで、ときには胸をえぐられるだろう、淋しさで」という箇所からは、みんなが大きな声で合唱した。ずいぶん前に亡くなった人の歌が、生きている人たちをそっとつなげてくれた不思議な経験。

深夜のバスに揺られて帰る途中に見かけた、ラジオから流れ出した『三十歳の頃に』を後ろの座席で深いため息交じりに一緒に歌っていた四十歳ぐらいの男性も思い出される。仲の良い友人はいつだったか、二十九歳の秋から冬までこの歌をほぼ毎日聞いていたと打ち明けてきた。今も二十九歳ぐらいの人たちは、この歌を聴くたびにため息をつくのだろうか。

彼の控えめな歌が好きだった。『立ち上がれ』や、『風が吹いてくるところ』みたいなシンプルな歌が好きだったし、遺作となった『宛のない手紙』も何度も聴いた。でも一曲だけ選ぶなら、この単純な愛の歌『彼女がはじめて泣いた日』になるだろう。はじめて聴いたとき、なんて無駄のない、よく書かれた歌詞だろうと感じたのを覚えている。

彼女の笑顔は／咲き誇る木蓮のよう／彼女を見ているだけでいつも／暖かな春の日のようだった

もう二度と見られない／彼女の笑顔／彼女がはじめて泣いた日／僕の元を去って行った

「彼女がはじめて泣いた日／僕の元を去って行った」という、わかりやすくて、しかも憂いに満ちた最後の告白を聞くと、アカシアの木陰を通るときみたいに胸がひりひりしてくる。

彼の声、呼吸、生命を私たちが聴いているいま現在、彼はもう死んでいるのだという奇妙な物悲しさに慣れるぐらいの時間は流れた。それでもまだ十分ではない、たまにそんなふうに感じる。

＊【キム・グァンソク】（一九六四〜一九九六）韓国を代表するシンガーソングライター。絶頂期だった一九九六年に自ら命を絶った。『二等兵の手紙』と『宛のない手紙』は、日本で二〇〇一年に公開された映画『ＪＳＡ』で使用された。

Bondade e Maldade

作詞作曲：テオフィロ・シャントレ　歌：セザリア・エヴォラ

悲しみや苦しみの中にはありのままに話そうとすると、その人の体を粉々に打ち砕いてしまうものもある。だからといって胸の中に抑え込んでおくといつまでも引きずるから、方法は一つだ。リズムに合わせて歌うこと。セザリア・エヴォラ*の歌を聴いていると、そんな気になる。この人は、こうやって人生を乗り越えていくんだな。これほどまでに深い悲しみとリズム、そのあいだに存在するひんやりとした落差の中で、ただ揺られながら乗り越えていくのだな。

　カーボベルデ*のミンデロ港で生まれたセザリア・エヴォラは、バイオリニストだった父を九歳で亡くすと、周囲に助けられながら立ち飲みバーで歌って成長したそうだ。三度の結婚と三度の離婚。終わりのない貧困。のちにフランスで曲をリリースして世界的な名声を得たけれど、それが彼女の本質を慰めることはできなかったはずだ。彼女は裸足でステージに上がることで有名だが、そのなにも履かない心の自由を思うと胸がいっぱいになる。

　歌詞は一言も理解できないけれど、すべてが伝わってくるこの歌。リズムの中に体が揺れて、心が揺れるあいだ、人生とはとにかく揺らぐものだ、だからひどく悲しんだり後悔したりする必要はないのだということをひんやりと感じる歌。

大学に通っていたころに少しだけ農楽[*]を習っていたのだけど、農楽太鼓の「ブッ」を担いでへとへとになりながら一団について行く私に向かって、先輩が言った言葉を思い出す。疲れたら膝をもっと曲げて、楽しんでみて。踊ると思って。リズムに乗ってごらん。そうすると逆に疲れないから。

その言葉どおりにしてみると本当に疲れなかった。不思議なことに。

疲れきって心の置き場がないときにこの歌を聴くのも、たぶん似たような理由からだろう。ひとりぼっちの心に浮き浮きするギターの音色、打楽器の音、コーラスの声、深くて低い彼女の声が染み込んでくると、眠っていた生命が徐々に激しく揺れながらうねる。生きるよ。生きなきゃ。生きたい。踊りたい。もっと膝を曲げなきゃ。もっとリズムに乗らなきゃ。もっとぶつからなきゃ。もっと抱きしめなきゃ。もっと大胆に崩れなきゃ。

＊【セザリア・エヴォラ】（一九四一〜二〇一一）カーボベルデを代表する音楽ジャンルであるモルナ（家族や故郷への想いなどを歌うフォークミュージック）の歌手。
＊【カーボベルデ】北アフリカの西、大西洋に位置する島国。
＊【農楽】豊作祈願や収穫祭の際に農村で演奏される伝統音楽。

麦畑

作詞：パク・ファモク　作曲：ユン・ヨンファ

麦畑のあぜ道を歩いていくと
誰かの呼ぶ声がして
歩みを止める
思い出が苦しくて
口笛を吹くと
美しい歌が耳元に聞こえてくる
振り返ると誰も見えず
夕焼け空だけが目の前に広がる

これまで取り上げてきた歌はいちばん好きな歌というわけではない。格段に優れていると思う歌でもない。ある時期の記憶とともにおぼろげに浮かんでくる歌かどうかが基準だったので、大好きだけどここで紹介しなかった歌もたくさんある。誰が歌っても胸にじんとくる『生きていれば』、キム・ミンギ*の『われらが登る峰は』、ヤン・ヒウン*の『七輪の水仙』、ハン・ヨンエの『早瀬』、昔、ひまわり《ヘバラギ》*が歌っていた『今は別れても』、『クックックックッ、パロマ』や『スカボロー・フェア』、『Questions』、鼓動が聞こえてきそうなエディット・ピアフ*の『パダン・パダン』、ジェフ・バックリィ*の『ハレルヤ』……。

でも結局のところ、最後に話したいのは昨年の冬に食堂で聞いた、勇ましい声でよく悪態をつくおばさんがイイダコの下ごしらえをしながら歌っていたこの歌だ。

思い出が懐かしくて　口笛をふーくと……。

振り返ってみると、パーマのかかった髪をぎゅっと結んだおばさんが、大きな包丁でイイダコの内臓を取り出しながら次のフレーズに移るところだった。

振り返ると誰も見えず……。

私はたちまち幸せな気持ちになって、一人でにやにやと笑ってしまった。
数年前、子どもと一緒に両親の住む田舎を訪ねた早春の出来事だった。麦が青々と茂るあぜ道に沿って、子どもの手を引いて歩きながら私は言った。

見て、これが麦っていうのよ。

むぎ？　と子どもが真似した。

聞いてごらん、これが『麦畑』*っていう歌。

遠くの方から麦畑をなでるように吹いてくる海風に私と子どもの髪が涼やかになびいて、私たちは手をつないで海に向かって歩いた。

麦畑のあぜ道を歩いていくと
誰かの呼ぶ声がして
歩みを止める

ふと振り返ると、日が暮れる直前の青味の残る空の下、家並みは優しく寄り添い、子どもは私の手を握ったまま歌に耳をすましていて、私はその瞬間、この世の誰よりも幸せな人間だった。

ありがとう、少女のように昔の歌を歌っていたイイダコ料理屋のおばさん。ありがとう、守護天使のように私たちについてまわる歌の数々。その歌に乗って飛び交う幾多の時間。懐かしい昔の想い……。突然、背後から私たちを呼び止める、あの声や音。

＊【キム・ミンギ】（一九五一〜）作詞作曲家。現在はミュージカル『地下鉄一号線』などの演出を手掛ける劇作家としても知られている。

＊【ヤン・ヒウン】（一九五二〜）フォークソング歌手。キム・ミンギ作詞作曲『朝露』で一九七一年にデビュー。『朝露』はのちに民主化運動を象徴する歌として放送禁止曲の処分を受けた。現在はラジオDJ、タレントとしても幅広く活動している。

＊【ヘバラギ】一九七七年にデビューした男性フォークデュオ。

＊【エディット・ピアフ】（一九一五〜一九六三）フランスを代表するシャンソン歌手。

＊【ジェフ・バックリィ】（一九六六〜一九九七）アメリカのシンガーソングライター。三十歳で不慮の死を遂げた。

＊【麦畑】韓国の歌曲。一九五〇年代に発表され、一九七〇年代にポピュラーな曲となった。高校の教科書に収録されたこともあり、今では国民的な愛唱歌となった。クラシックの歌手を含め、多くの歌手がカバーしている。

3．そっと 静かに

十二月の物語

涙も凍りつく
あなたの頬に薄氷が
私の手で溶かして温めてあげる
私の手で溶かして川の水にしてあげる

涙も凍りつく
十二月の愛の歌

家族とソウルへ越してきたのは一九八〇年の一月だった（二十六日という日にちも覚えている）。ソウルの第一印象をひとことで表すと「広くて寒い」だった。窓ガラスの霜。凍りついた道。カチカチと歯が鳴る寒さ。それらはおそらく私にとって、ソウルの印象であると同時に生きることに対する印象にもなったようだ。今でも冬になるといりもしない新しいセーターを買いたくなるのは、寒さに対する恐れであり、暖かさに対する渇望のせいなのかもしれない。

冬は私にとってそんなふうに、暖かさと冷たさが激しくも切なくぶつかり合う季節だ。凍った体を溶かすアレンモク*、コートの中で懐に抱えて歩くプルパン*の袋のぬくもり、なにげなくかすめた指先の暖かさ。街中の冷たい歩道ブロック。灰色の空。死んだように凍りついた街路樹。

九二年の冬に『ソウルの冬』というタイトルで十六編の詩を書いたのは、そんなぶつかり合いの真っただ中にいたときだった。いわゆる連作詩で、大学を卒業した後にその詩で文壇デビューすることになった。ある詩は冷たく、ある詩は身悶えしているのだけど、十二番目の詩はこんな内容だった。

ソウルの冬　十二

ある日　ある日がやってきて
そんなある日に　あなたがやってきたら
その日あなたが　愛のためにやってきたら
私の胸は一面の水色になることでしょう、あなたの愛
私の胸に沈み

息もできないことでしょう
私があなたの呼吸になってあげる、あなたの墨色の唇に
あふれんばかりの息吹になってあげる、あなたがやってくるなら　愛よ、
来てさえくれるなら
薄氷が伝った私の頬に　あなたが好きだった
川の水の音、
聞かせてあげる

昨年の冬、演劇『十二月の物語』の公演プログラムに、十二月に関する文章を書くことになった。ネイティブ・アメリカンの暦の十二月にまつわる話からはじまって、ふと、こう書いている自分に気づいた。

涙も凍りつく十二月
私の温かい手で
あなたの頬の薄氷を溶かしてあげたい十二月

地下鉄の乗り換え通路を歩いていると、その文章に童謡のようなメロディが突然くっついてきて、くちずさんでいた。劇を書いて演出したチェ・チャングンさんに原稿を渡すとき、冗談半分で「テーマソングも作りました」と言うと、彼は喜んで録音しようと言った。伴奏もなしに録音したこの歌を、劇がはじまる前に観客に向かって流したりもした。その後、続きを書いてみた。

ひんやりとした雪の花が
私の額に舞い降りる

あとどれだけの道のりを歩き続けなければならないのか
あとどれだけの道のりをさまよわなければならないのか

ひんやりとした手のように
私の額に雪の花が

すべてが消え失せようとも

流れゆき　散ろうとも
私の胸に残るのは温かかった思い出
私の胸に残るのは温かかった瞬間

すべてが散ろうとも
胸に残るのは歌

私の歌の中で最もシンプルで、温かみが感じられる歌ではないかと思う。すぐに歌えるようになるので友人が好んだ歌だ。私にとっては例えば冬の日、コートの中で懐に抱えて歩くプルパンの袋みたいな歌だ。胸にプルパンを抱えて歩くと、一緒に食べる人たちは温かいまま食べられるし、かじかんだ私もぬくもって……そんな心。

*【アレンモク】オンドルの焚き出し口に近くて暖かい場所。
*【プルパン】金属の焼き型に小麦粉の生地を流し込んで焼いた食べ物。

私の目を見て

私を見て
私の顔を見て
私たちには
あまり時間がありません

窓の外は雨
世界中をびしょ濡れにして
私たちの引き裂かれた胸を
さすってくれている

私の目を見て
私の顔を見て
抱きしめてあげようにも

命は短すぎて

私たちの胸にも
冷雨が降るときがあるでしょう
その雨がやむまで
一緒に歩いてみましょう

私の目を見て
私の顔を見て
抱きしめてあげようにも
命は短すぎて
私たちには
あまり時間がありません

窓の外には雨が降り、二人はコーヒーカップをあいだに、向かい合って座っている。目を合わせない男に「私の顔を見て」と言う女。さほど多くない時間が休むことなく雨水のように流れるあいだ。

この歌を思いついたのは、前に書いた『十二月の物語』の公演を見てからだった。「もう、やめましょう。抱きしめてあげようにも命は短すぎて」という台詞のある演劇だった。その台詞が客席に降ってきた瞬間、私の斜め前に座っていた五十代前半の男性は、なぜ急に涙を流したのだろうか。

この公演を観たのは、世界がキンキンに凍りついた冬だった。だから最初に書いたときの歌詞は「窓の外は雪」だった。

私たちの胸にも白い雪が降るときがあるでしょう
その雪が溶けるまで一緒に歩いてみましょう

雪を雨に変えたのは、雨音が人の心を洗い流して慰撫する感じが良かったからだ。そういえばここに載せた歌の中で、たった一つの「愛の歌」でもあるようだ。

木は

木はいつでも私のそばにいる
空と私をつなぎ　そこに
梢　小枝　葉　そこに
私の心が脆くなっているときも

私が目をやる前に
私を見つめ
私の毛細血管　黒く涸れ果てる前に
その青々とした唇を開く

いつでも木は私のそばにいる
梢　小枝　葉　そこに
私が孤独のどん底に落ちたときも

私の心が脆くなっているときも

五歳になった子どもに訊かれたことがある。

「ママはこの世でだれがいちばん好き？」

「それは……」

いつものように答えようとすると、子どもは素早く私の口をふさいで言った。

「ぼく以外で」

私は思いつくままに家族、友人、知人らの名前を挙げていった。

「その次は？」

えっ、なんて言うべきだろう？　ためらいながら「そりゃ木《ナム》でしょ……」と私が答えると、子どもはやっと満足した。

「じゃあ、これからママのあだ名はナムだね」

子どもは走り去りながら「ハン・ナム、ハン・ナム！」と、からかうように叫んだ。

あぁ、ほんとに木だったらどんなにいいだろう。私の名前が河を意味する「江《ガン》」じゃなくて「木《ナム》」だったら。

こんな詩を書いたことがある。昨年の秋のことだ。

いつでも木は私のそばに
空と
私をつなぎ　そこに
梢
小枝
葉　そこに
私の心が弱さと淋しさの深淵にあるときも
私の心
ぼろぼろで
びりびりのぼろ切れになったときも
私が目をやる前に
私を見つめ
毛細血管　黒く涸れ果てる前に
その青々とした唇を開く

「夜明けごろに聴いた歌―」と名づけた詩だ。「木はいつでも私のそばに　空と私をつなぎそこに　私の心が弱さと淋しさの深淵にあるときも」。この三行がふっと夢の中に刻まれて目を覚ました。起き上がって紙に書き連ね、さらに続けて書いたらこうなった。

のちに曲を付けていたら、自然と歌詞が変わっていった。この歌はまず、ピアノの音で頭に浮かんできた。梢、小枝、葉……という部分が鮮やかに。

確かにそうだった。木はいつでも私のそばにいた。

昨年の春から夏まで喘息を患った。回復期に入るころ、家の近所の運動場をはじめて走ってみた。もしかするとまた呼吸困難になるかもしれないと、歩くのとほぼ同じスピードで軽く一周走った。初秋、午前の日差しが小さな運動場に満ちていた。走るのをやめると破裂しそうな心臓をさすりながら、走ってきた道をゆっくり歩いて引き返した。

あそこに白樺の木が植えられていたんだ。一本、二本、三本……息を整えながら一つずつ数えて歩くと、全部で二十二本あった。白い梢、白い幹、白い枝。きらめく青葉。生きているという実感が全身に満ちあふれた。満ちあふれすぎて、逆に涙は出なかった。

ある人が、死とはモーツァルトを聴けなくなることだと言ったとか。同じ質問をされたら、木を見られなくなることだと答えたい。冬、骨格もあらわに空を目指す広葉樹、春、一斉に青葉が芽吹く木々。その幹と枝の美しさをなにに喩えられるだろう。その葉の輝きと音を。その花とにおいを。実の色と味を。

私たちの心が脆くなっているとき、疲れたとき、ときには悔しかったり、恨めしく悲しかったり、後悔したりするとき、荒廃の深淵をのぞくとき、道が見えないときにも木はそこにいる。地中の闇から細い根で水流を引き上げて、葉の先端まで押し上げながら。

だから生きていかなければいけないんだと思う。たまに木々を見つめるためにも。穏やかな体、もっと穏やかな眼差しで彼らを思い浮かべるためにも。ある日、鏡を見たら日焼けした私の顔の代わりに、一本の低くて青々とした木が映る日まで。

車椅子ダンス

涙はもう日常になりました
でも　それが私を完全に破壊することはなかった
悪夢も　もう日常になりました
全身の血管を
燃やし尽くすような夜も
私を完全に打ちのめすことはできない

見てください　私は踊っています
燃え立つ車椅子で
なんの魔術も秘法もありません
ただ、いかなるものも私を完全に破壊できなかっただけ
見てください　私は歌っています

全身で燃え立つ車椅子
見てください　私は踊っています
全身で火を噴く車椅子

どんな記憶も
罵りや墓場、あのひどく冷たいみぞれすらも
最後の私を打ち砕けなかっただけ
ただ、いかなるものも私を完全に破壊できなかっただけ

見てください　私は歌っています
全身で火を噴く車椅子
見てください　私は踊っています
全身で燃え立つ車椅子
車椅子ダンス

昨年の秋、ドイツに向かう飛行機でのことだった。通路の真ん中にある巨大なスクリーンに

韓国の公開音楽番組の『開かれた音楽会』が映し出されていた。ヘッドホンをつけないままぼんやりと画面を眺めていたら、車椅子に乗った男性がたくさん舞台に登場してきた。なんだろうと私はヘッドホンをつけた。車輪から花火が弾ける車椅子の前輪を地面から浮かせながら、彼らはくるくる踊った。

ずいぶん前に、交通事故で歩けなくなったカン・ウォンレ*がカムバックしたという話は聞いたことがあるけれど、ステージに上がる姿を見たのはその日がはじめてだった。飛行機に乗っている人たちは見慣れているのか、どうってことないみたいだった。なんでもなさそうに本を読んで、スクリーンを見て、隣と話している人たちのあいだで私は泣いた。旅の同行者と遠く離れた席に座ることになって残念に思っていたのに、こうなってみると本当にラッキーだった。抑えようとしても涙が頬を伝ってきて、両手で頬を覆ったまま画面から目を離すことができなかった。

ちょうど少し前に読んだチャン・ヨンヒ*のエッセイが頭に浮かんで、余計にそんな気持ちになったのかもしれない。毎朝、自分を背負って登下校していた母を回想しながら彼女はこう書いていた。「今日もどこかで歩けなかったり、見えなかったりする我が子を背負って、涙のような汗を流しながらひたすら階段を上り続けるお母さん、私が死んだらどうなるのだと深いため息をつくお母さん、この勇敢で忍耐強くて、凛々《りり》しくて神々しい母たちの孤独な闘いに愛と声援を送ると同時に、この本を私の母と彼女たちに捧げる」。傷ついても損なわれない人たち。いかなるものにも破壊されない「最後の私」を感じさせる人たち。車椅子は火を噴き、カン・ウォンレは肩を揺らして踊った。悪夢と涙と不眠の夜、冷たいみぞれの記憶の上で。

その飛行機で『車椅子ダンス』という詩を書いた。今回の歌詞とは少し内容が違う。

涙は
もう日常になりました
でもそれが
私を完全に飲み込むことはなかった

悪夢も
私には日常になりました
全身の血管を
燃やし尽くすような不眠の夜も
私を完全に食い尽くすことはできない

見てください
私は踊っています
火を噴く車椅子の上で
肩を揺らしています
ああ、激しく

なんの魔術も
秘法もありません
ただ、いかなるものも私を
完全に破壊できなかっただけ

どんな地獄も
罵りや
墓場
あのひどく冷たい

みぞれも、ナイフのような
雹《ひょう》の粒も
最後の私を
打ち砕けなかっただけ

見てください
私は歌っています
踊っています
ああ、激しく
火を噴く車椅子
車椅子ダンス

あれからちょうど一年が過ぎて、ハン・ジョンニムさんが編曲したこの曲がスタジオで録音されるのを聴きながら、また目頭が熱くなった。

誰でも生きているとつらい瞬間に出会う。それがいつであれ、どんな形であれ、ときにはそのせいで魂の一部、またはすべてが破壊されることもある。ただ大切なのは、自分の本質が今まさに破壊されようとするその瞬間の態度だと信じている。その最後の瞬間に、最後の自分を守ってくれる細い綱を放してはいけない。放したとしても、またつかめばいい。地獄のような状況にあっても決して打ちのめされない心の精髄を、そのか細いけれど堅固な実体を、全身全霊で感じるべきだ。感じ取らなくては。

簡単ではないけれど。とても難しいことだけれど。その瞬間。

＊【カン・ウォンレ】一九九六年に歌手デビューしたダンスデュオ CLON のメンバー。パワフルなダンスで一世を風靡したが、人気絶頂の二〇〇〇年にオートバイ事故で下半身不随となる。一時は生死を危ぶまれる重体だったが、五年にわたるリハビリの末、車椅子で奇跡のカムバックを果たした。

＊【チャン・ヨンヒ】（一九五二〜二〇〇九）エッセイスト・翻訳家・大学教授。一歳のときに患った小児麻痺で両脚が不自由になり、大学入試が受けられないなどの差別と闘い続ける人生を送った。

思い出

五月の明け方に聞こえてきた「君が去ってしまった　どうしよう、行ってしまった　どうしよう」をもとに作った歌だ。

友人が話してくれた話の記憶をたどりながら歌詞を作ったのだけど、歌詞はここには書かないことにする。ずっと昔、春の日に訪れた川辺の陽光、捕まえようとして逃げられてしまった魚のきらめく鰭《ひれ》。悠々と泳ぎ去っていった、きらきら光る後ろ姿。輝きながら下流へ、下流へと流れていく水の青。そんな思い出。痛みよりは光として残る思い出。

そんな思い出があなたにもあるのだろうか。百通りの気遣う言葉よりも胸が締め付けられる、黙って手を差し出す握手みたいな思い出が。

明け方の歌

明け方に目覚めて
空を見上げた
闇が晴れて
青い光が滲んだ

もくもくと立ち上る雲は
どこへ流れゆくのか
一つ、また一つと目覚める木々
枝を伸ばす

こんなにも美しい世界が
私のそばにあったなんて
あなたの目元に宿る

眉みたいな有明月
私も青い翼を広げ
後について飛び立つの
青々とした花火みたいな木々
枝を伸ばすとき

生きているってなんだろう
生きていくってなんだろう
答えは必要ない
あの青い花火のように

一日のうちで、夜と昼が入れ替わる二度の青い時間が好きだ。血管の血まで青く染まる、その時間帯。薄墨色の空が明けはじめて、万物が境界から飛び出してこようとする夜明けの震動が好きだ。オクタビオ・パス*の『夜明け』という短い詩が好きだ。

冷たくてすばやい手が
闇の包帯を
ひとつずつほどく
ぼくは眼をひらく
それでも
ぼくは生きている
まだ生々しい傷の中心で

［真辺博章訳『オクタビオ・パス詩集』（土曜美術社）所収］

生きていると、しみじみ実感する時間。
言葉では決して言い表せない、あの時間。

＊【オクタビオ・パス】（一九一四～一九九八）メキシコの詩人・批評家。外交官として各国を回りながら執筆活動を行っていたが、政府による反体制派への弾圧に抗議してインド大使の職を辞任した。

陽光ならばいい

私の夢は単純で
あなたと陽光を浴びながら
一緒に歩くこと　この道を
ぽかぽかとした陽光を浴びながら
陽光！　風と一緒に踊るの
陽光！　あなたと手をつないで歩いていくの
陽光！　あなたの目を見て笑うの
眩しいときは
目を閉じればいい

私の夢は平穏で
あなたと陽光を浴びながら
一緒に休むこと　のんびりと

ぽかぽかとした陽光を浴びながら
陽光！　私たちにはそれで十分
陽光！　骨の髄まで冷え切った体をぬくもりが
陽光！　私たちにはそれで十分
半日のあいだぽかぽかな　陽光ならばいい

十年ほど前に書いた短編小説で、死ぬ前に三時間与えられるとしたら、太陽の光を浴びる時間に使いたいと書いたことがあった。今もその気持ちに変わりはない。その三時間のあいだ、陽光の中に全身を浸すのだ。ただし、愛するあなたと一緒に。私のいない長い時間を生きてゆくであろう、あなたの手を握って。

さよならと言ったとしても

さよならと言ってみた人
すべてを捨ててみた人
安らぎを得られない人
あなたはそういう人
でも生きなければならない時間
生きなければならない時間

さよならと言ったとしても
すべてを捨てたとしても
安らぎを得られないとしても
あなたは今ここに
今は生きなければならない時間
生きなければならない時間

もう、立ち上がって歩く時間
もう、立ち上がって歩く時間

（誰か私の手を握ってください）
もう、立ち上がって歩く時間
（もう、私の手を握って行きましょう）

「哀而不悲《エイブルビー》」という言葉について、たまに考えることがある。哀而不悲。悲しいけれど悲しみを見せないという言葉。ハン・ジョンニムさんに冗談で言ったことがある。バンドを結成したら名前は哀而不悲にしようかと思うんです。みんな、０１５Ｂ《コンイルオービー》*と混同するかしら？　中国から来たバンドだと思うかしら？

実はすべての制作が終わった後も、この歌を聴くたびに気になっていた。どうも哀而不悲になっていない気がして。悲しみが表出しすぎているようで。この歌が流れているあいだは、どこかに隠れたまま永遠に出てきたくない気分だった。それなのに再録音をしなかったのは、すでにオーバーしていた製作費のせいだけではなかった。また震えてしまいそうで。途中からのチェロの旋律に背中をさすられそうで、またよるべない気持ちになってしまいそうで。

誰か私の手を握ってください、という言葉を声に出して言うのは難しい。だから断崖絶壁の上でも、手を伸ばせなくなってしまう人がいる。カッコの中に入れた歌詞をささやきながら、どうしようもなく震えた。

＊【015B】一九九〇年に結成された韓国のユニット。今も多くのミュージシャンが彼らの曲をカバーしている。

そっと　静かに

食べて　眠り
夢を見て　朝に目覚め
歩いて　走って　身悶えるあいだ

涙　涙　涙　涙　隠すあいだ

明け方に目覚め
辺りを見回すあいだ

陽は昇り　再び夜が訪れ
胸の奥深くしまい込んでいた歌
そっと静かに口の中で歌う

涙　涙　涙　流れ落ちる

涙　涙　涙　隠すあいだ

地下鉄で向かいの席に座った女性に、ふと目がとまった。体格のいい四十代前半の女性で、光沢のある赤いブラウスに黒いタイトスカートを身に着けて、先が丸い靴を履いていた。力強く世の中を切り抜けてきた人たちによく見られるような、たくましさを感じさせる顔つきだった。唇はブラウスの色に合わせて赤く塗られ、きちんと閉じていない脚のあいだから、がっしりした太ももを無意識のうちに見せていた。女性は分厚いハンドバッグから携帯電話を取り出して開いたが、すぐに閉じると焦った顔で虚空を見上げた。私はちょうど女性から視線を移すところだったのだけど、その目にみるみる涙があふれて、マスカラを黒く滲ませながら頬を伝った。彼女はそれを拭うことすら思いつかないまま、呆然と虚空を見つめているだけだった。そのとき気づいた。周りのいかなるものも、どんな視線も、今この瞬間の彼女の不幸に比べたら、なんでもないのだということを。

涙を押し隠す人。必死に押し隠していたのに、ある瞬間に思いがけない場所で流れ落ちる涙の熱さに驚く人。ふと早朝に目が覚めて暗闇を見回す瞬間、そんないくつもの瞬間と折り合いをつけながら変わらぬリズムで、そして毅然とした態度で交差する夜と昼。執拗な夜と消された夢。静寂と秘められた歌。再び、隠された涙。突然、鮮明に浮かび上がってくる夢。再び、秘められた歌。再び、隠された涙。

こもりうた

ねむれ　よいこ
ぐっすりおやすみ
つきも　ほしも　ねむり
おうちも　みちも　ねむる

あなたのよこに
いつでもいるから
あさがくるまで
いいゆめをみてね

ねむれ　よいこ
ぐっすりおやすみ
つきも　ほしも　ねむり

おうちも　みちも　ねむる

子どもを寝かしつけながら、いちばんよく歌ったのが『顔』*だった。「まるをかくつもりで、なにげなくかいたかお」とはじまるので、子どもはこの歌を「まる」と呼ぶ。意味もわからないまま、三歳のころには覚えてよく歌っていた。ねんねん、ねんねん、かわいいよい子、ママの抱っこでぐっすりねむる……と、昔の調べで歌ってあげたことも多い。

子どもが寝つくと、世界中が眠りについたみたいになる。静かな額、罪を知らぬほっぺ、穏やかに結ばれた唇。たまに寝言で声をあげて笑ったりもする。きゃっ、きゃっ、笑い声が暗闇に広がると、私も目が覚めて笑ってしまう。暗闇の中で微笑んだまま、すやすやと眠る子どもの顔を見つめて、再び眠りにつく。

子どもがみる夢は、自分とそっくりな夢だけだ。シカに似た列車に乗ったり、友だちと誰がいちばん速く走るか競争したり、起きているときはひどく乱暴なパワーレンジャーたちは学習漫画の『魔法千字文』*に出てくる子たちのように「燃える火！」「流れる水！」と漢字対決をする。たまに怪物が現れてママに噛みついたりすると、わんわん泣きながら目覚めたりもする。昼間にタマネギを食べさせると、「タマネギ、きらい……」と大声を張り上げて泣いたと思ったら、また寝入る。

どんなに激しい風が夜どおし窓を揺さぶっても、稲妻が空を切り裂いても、子どもは眠る。

月も眠り、星も眠る。おうちも眠り、昼間ずっと歩き回って遊んだ道も眠る。ぐっすりと。

＊【顔】一九七五年にフォークソング歌手のユン・ヨンソンが発表した曲。二〇一八年に開催された南北芸術団による合同公演で、南北の歌手がともに歌って話題になった。
＊【『魔法千字文』】子どもが楽しみながら漢字を学ぶための学習漫画。漢字の魔法で主人公が戦うストーリーが人気を集めている。

4．追伸

黒い海辺、その笛の音

(1)

夜明け前のようだ。見回すと、一面の真っ黒な岩が海岸線を形作っている海辺。黒い岩と岩のあいだ、満潮の海が薄明りの中で光る。振り返ると、漆黒の岩は地平線まで続いている。半島全体が黒い光に覆われているかのようだ。朝鮮半島じゃないみたい。ある小さな国。もう滅亡してしまった、地底深くにすっかり隠れてしまった地球の片隅。

私がその場所に佇んでいるのはマフムドが亡くなったからだ。どのようにかはわからないけれど、その報せを聞いた。足元まで波が立つ黒い岩の上に私は立っている。持っていた笛を吹き始める。シンプルな作りの木の笛からは、テグム*の中間音のような、パンパイプの音のようでもある神秘的な音色の旋律が流れ出す。静かな曲だ。私は体内の泉にたたえた水を最後の一滴までかき出すと、渾身の力で笛を吹く。魂というものが存在するのなら、つまりどこかにマフムドの魂が存在するのなら、私の笛の音が真の「果て」に行きつくことができるのなら、その美しさも彼に届けられるはずだと信じる。体が静かに震える。切に、切に。祈りのように。懺悔のように。

どこか後方から遠い笛の音が呼応する。同じような音色だけど曲調は異なる、静かな曲だ。その音に応えて、今度はもっと遠くから微かな笛の音が響いてくる。笛の音のリレーは続いて、どこまで広がっていくのか見当もつかない。私は唇を笛から離す。地上の調べとは思えないそのハーモニーが、真暗な海の上方へ散っていくのを聴いている。

そのとき、黒いコートを纏《まと》った男が私に近づいて言った。

笛を吹いたから、もうお前は完全に追われる身になったのだ。

私は驚かない。おそらくそうなることを予期していたのだろう。

その曲を俺に売れ。

男が言う。

手遅れになる前に売れ。俺はいつでもここにいるわけじゃないのだから。

私は答える。

マフムド・シュカイルが亡くなったの。それがどういうことか、あなたにはわからないでしょう。私はマフムド・シュカイルが亡くなったから笛を吹いただけ。万に一つも、彼がその音を聴いてくれたらと願っただけ。それがすべて。それがすべてだってこと、あなたは決して理解できない。絶対にわからないでしょうね。

私の目から涙が流れ落ちる。

予想していたとおりだ。

男は言う。

お前は承諾しないだろうとわかっていた。それでも言ってみたまでだ。

蔑みの笑みを浮かべながら、男は私に背を向ける。

銀色と黒が混じった海が、相変わらず私の目の前で寄せては返す。濃紺の空気。果てしなく広がる黒い岩。

目を開けるとまだ夜明け前で、夢で流した涙が現実でも暖かく頬を濡らしていた。起き上がれなかったのは、耳の中で笛の残響が続いていたからだ。音楽家だったら急いで机に向かって書きとめただろうけれど、私はじっと横たわっていることしかできなかった。意識の底辺へと次第に沈んでいく曲に、最後まで耳を傾けているだけだった。

あんなに美しい音楽を私ははじめて聴いた。あの奇妙で鮮明な夢の中で。

(2)

はじめてマフムドに会ったのは夏、うだるような暑さの午後だった。彼がアラブ訛りの強い英語で名乗ったとき、私は彼の姓が聞き取れなくて、もう一度言ってほしいと頼まなければならなかった。

「シュカイル、シュカイルです。パレスチナから来ました」

髪は三分の一ほどが白髪、白くて長いひげをたくわえていて、白いシャツとベージュのチノパンを身に着けていた。どこか悲しげな顔に深い瞳の初老の男性という第一印象しかなかったので、彼と友だちになれるとは思ってもみなかった。それはおそらく彼も同じだっただろう。名前こそ国際創作プログラムだったけれど、掃いて捨てるほどの自由時間が大部分を占めていたアイオワ大学での三ヵ月間。十八ヵ国からやってきた詩人や小説家の中で、私は自由で平和な日々を送った。心置きなく過ごせる相手もできたけど、その中でマフムドはもっとも愛情深い友人だった。

彼と夕刻まで古本屋を巡りながら街を歩き回った日を思い出す。心地よい日差しの中、美術館前の芝生に並んで座って、長いこと川を見つめた日を思い出す。ともに笑って、歩いて、たまに涙を流すほどの共感を覚えながら本音を打ち明け合った時間を思い出す。二十以上の年齢差、人種と文化の違い、男と女だということ……を一気に飛び越えて、二人を包む時間の光、そして平和を素手で愛撫する奇跡を経験したのだと思っている。

(3)

彼がくれた薬草は今も引き出しの奥深くにしまってある。アイオワでひどい胃痛に苦しめられたとき、私の部屋のドアをノックした彼がその薬草の束を差し出したのが最初だった。

「メラミーヤだ。熱湯で淹れて飲むと体がリラックスして、内臓の痛みを和らげてくれるよ。僕はいつも病院には行かずにこれを飲んでいる」

強烈なにおいと苦みを持ったその緑色の薬草は、果たして効果を発揮した。完治はしなかったけれど、リラックスの効果はてきめんだった。先にアイオワを発った彼は、残っていた薬草をすべて私にくれた。年に二回、彼はソウルの私の自宅にメラミーヤを送ってくるようになった。「そろそろ切れるころかと思って」。血のにおいがするエルサレムからやってきた厚い紙袋を開けると、ローズマリーに似た独特な香りが家の中に広がった。強烈な、そしてひりひりするようなその香り……。治癒とは、いつもそうやって強烈な面を抱いているものなのだろうか。愛が、書くことがそうであるように。

（4）

マフムドが四歳のとき、彼の故郷パレスチナが分割された。* あの夜の轟音と光、悲鳴が忘れられないと彼は言った。若いころからパレスチナ解放戦線に加わっていた彼は二度、それぞれ二年ずつイスラエルの監獄に投獄された。長きにわたる青い政治的な経歴*とは異なり、彼の小説は男性が書いたと思えないほど繊細だった。愛と追憶、消えゆくということに対する悲しみと恐れ、刹那の繊細な美……の深みに身を浸していた彼の短編小説の数々。

彼は生涯にわたって五人の女性を愛した。あの愛がなかったら、自分の生にはなんの価値もなかったとまで断言していた。

「『タイタニック』みたいな映画を観ていても涙がこぼれる。それがどんな愛の物語であっても、必ず泣いているんだ」

彼の愛が、書くことと同じように彼の生を持ちこたえさせているのだと、私もわかっていた。ほとんど詩に近い短編小説を書いて、たまに心の限りを尽くして女性を愛して、彼はそうやってエルサレムの一日一日を生き耐えているのだろう。もし、まだ生きているとしたら。

（5）

あの夢を見たのは昨年の冬だった。夢を見た三日後にようやく彼にメールを送ったのは、返信が来なかったらどうしようと不安だったからだ。「マフムド、久しぶり。昨夜、あなたの夢を見たの。ただ悲しい夢だったとだけ言っておくわ……」とはじまる便りを送った翌日の午後、彼から返信が届いた。彼は死んでいなかったのだ。

「実は君からのメールを受け取る三日前、二時間ほど君のことを考えていた。そうしたら僕の夢を見たって言うじゃないか。人生って不思議だね。君はソウルに、僕はエルサレムにいるが、僕たちの記憶はともにあるなんて」

些細なことだけど、私は少し驚いた。私は「昨夜」と書いたけれど、実際は三日前に見た夢だったからだ。精神の世界っていうのはそういうものなのかと、そのときに思った。さまざまな国や地域の丸い集合体、その核では光のような速度で私たちの魂は通じ合うのだろうか。肉体は広がる世界の両端に遠く離れていたとしても。

そして彼はこう書いていた。

「君の健康状態があまり良くないとのことで心配している。今晩から寝る前に、君のために祈ることにしよう」

その数日後、夕方から胃痙攣に襲われた。明け方まで痛みと闘ってから眠った。死の床につくような眠りだったと、ちらっと思った。六時頃に目を覚ましたとき、痛みは治まっていた。十年にわたって突発性の胃痙攣を患ってきたけれど、こんな経験ははじめてだった。ぼんやりとした意識の中、ふとマフムドが祈ってくれたのかという気がした。

リビングの窓を開けてみると少し前に降ったのか、足跡ひとつない雪がマンションの中庭にしんしんと積もっていた。私はひんやりとした懐かしさを感じていた。知り合って久しい、普段はほとんど忘れている、もう輪郭はおぼろげでイメージと骨格でしか残っていないその人が、私は懐かしかった。どんなに手を伸ばしても届かない場所で暮らしている、存在しないも同然の人。無用だとあざ笑う人もいるだろう関係。無用な祝福、無用なノスタルジー。非現実的でしかない信頼。でもその瞬間、とてもリアルに、私はそれらを心の支えにしていた。

理解できる年齢になったのだろう。目に見えないと距離が遠くなるんじゃなくて、見えないから懐かしいのだと。さまざまな形の愛の虚構を、幻滅の裏側を知っている。でも同時に、どうしようもないのだということもわかっている。止むに止まれず私たちは愛し合うのだということを。あれほど役に立たなくて軟弱な、壊れやすい刹那の真実、刹那の美しさだけが、ときとして私たちのすべてになるということを。しかもそれが、治癒のパワーにもなるのだということを。

（6）

春が過ぎようとしているが、彼からの便りはない。彼はそんな人じゃない。いつも先に私の無事を尋ねてきたし、誰よりも返信をくれるのが早かった。人との関係において彼は誠実だった。なにかの「果て」と隣り合わせに生きる人たちが、いつもそうであるように。いつだったか、かなり前にもらった便りに彼が書いていた。もし僕からの便りが途絶えたら、僕は死んだと思ってくれて構わない。私はそれが誇張された言葉だと、物書き特有の仰々しい言い回しだと思っていた。

彼からの便りはない。毎日のように新聞の国際面では流血のパレスチナ情勢が報道されていて、紙面をめくる私の心はひそかに震える。重大な時局に直面しているのだから、のどかな遠い国にメールを送る余裕なんてないのだろう。パソコンだって簡単には使えないはずだ。私には想像もつかない苦しい日常を送っているのかもしれない。最悪の場合は……その辺りで私は考えるのをやめる。

(7)

いつか彼から便りがあったら、メラミーヤを送ってほしいと言うつもりだ。あなたが以前に送ってくれた分はすべて飲んでしまったと書くつもりだ。嘘だけど、そう書くつもりだ。私はその薬草をよっぽどのことがないかぎり使わないだろう。数枚の手紙とカードのほかに、彼が私にくれたものはなにもないから。それがすべてだから。私のか細い記憶の糸を、日に日に幻影のように薄れていく今は遠い時間を、証明してくれるすべてだからだ。

(8)

夜明け、黒い海辺と笛の音。

あの夢はなにを伝えるために私のもとを訪れたのだろうか。ユングが分析したように、無意識からのメッセージが夢だとしたら、私よりたくさんのことを知っている「私」は、どんなメッセージを伝えたかったのだろう。

あの夢を見た冬、私は長いこと体調がすぐれなくて、疲れ果てていて、日に日にすさんでいった。嘘しか言えなくて、いっそのこと永遠に口を閉ざしてしまいたかった。

美しさがなによりも必要な瞬間とは、そんなふうにちっとも美しくない瞬間だということなのか。夢がなによりも必要な瞬間とは、一時も熟睡できないくらい肉体も魂もぼろぼろになっていた、あの刹那だというのか。これ以上ないくらい不幸な時間、あらゆる美に唾を吐きかけて踏みつぶす時間。自らを憎んで目を背ける時間。獣の時間、堕落の時間に、あの切々とした笛の音は、どんなふうに漆黒の海に響くのだろう。

それはもしかすると、マフムドが追求していた世界と重なる部分もあるのかもしれない。暴力と不安、苦痛という現実の中で彼が自分だけの世界を淋しく迎え入れていたように、私も心を手放してはならないということなのか。あの笛の音を忘れずに、あの瞬間の震えを掌に刻んで、進むべきだということなのか。死者の魂に届くほどの切実さで。黒いコートを纏った男に言い返した自分の言葉のとおりに、「それがすべて」だという淡々とした静かな気持ちで……。

＊【テグム】朝鮮半島の伝統音楽で使われる管楽器。

＊【パレスチナが分割された】一九四七年の国連分割決議によるもの。

＊【青い政治的な経歴】青はイスラエル国旗の色を指す。

ごあいさつ

(1)

明け方になると散歩に行く水辺に、柳の木が植えられている。『私のために泣いてくれる柳の木*』という詩集もあるけれど、木々の様子を見ていると、植物にも感情があるのかもしれないという思いが現実味を増してくる。特にその中の一本を見るたびに、なにか私に話しかけているようで不思議と心が惹きつけられる。なんだろう。なんて言っているのだろう。それを聞こうと、しばらくじっと佇むことがある。言語を用いない言葉だから、たとえ聞こえたとしても書き写すのは難しい。あえて記すなら……。ある日は、こう言っていた。泣かないでと。そんな必要はないと。

そのとおり。

そんな必要はない。

(2)

音楽のことはよくわからない。造詣が深いわけでもない。特別に歌がうまいわけでもない。

こういう本とCDを出すことになるなんて、想像もしなかった。周りも驚いているけれど、実は一番びっくりしているのは私自身だ。

でも、もしかすると、それほど遠回りしたわけでもないのかもと考えてみる。小説を書く前から詩を書いていたし、詩はもともと歌から生まれたものだから。歌を作る作業に慣れないとか、文章を書くのと全然違うと感じたりすることはなかった。

(3)

歌の編曲、ピアノ演奏、アルバム制作の総指揮をしてくれた作曲家のハン・ジョンニムさんにはじめて会ったのは、コンサート「ハン・ジョンニムの音楽日記」で紹介されたタンゴミュージカルの曲に詞をつけることになったからだった。年齢が近くて、そっと静かにしゃべり、笑いが絶えなくて、少しだけ眠るといった共通点があり、すぐに親しみを感じるようになった。

おそらく彼女に出会えなかったら、この本を作ることは不可能だったと思う。楽譜もなしに録音しておいたテープを愛情深く聴いてくれて、私がハムレットみたいに迷うたびに温かく励ましてくれたのだから。「私は歌がうまいわけでもないし、ゲストの歌手が歌えばいいと思いますよ」と言ったら、「曲と詞を伝えればいいのです。テクニックは重要じゃありません」と言われ、「じゃあ、半分はゲストが歌って、私は半分だけ……」と言ったら、真顔できっぱりと断られた。「この歌の気持ちを、一番よく知っている人が歌うべきです」と。

テープに収めた十五曲を楽譜にまとめたジョンニムさんと、芸術の殿堂*の前にあるカフェ「ワルツ」で会ったのは、風に秋の気配を感じる九月の夜だった。苦労して曲を選び出し、順番を決めると、ようやくCDを出すという実感がわいてきた。スタジオの利用は三時間、その間にすべて歌ってしまうのがよいとジョンニムさんは言った。情感が大事だから、たくさん歌う必要はないと。

「決してうまく歌おうと思わず、あるがままに歌いましょう」

あるがままって……。その言葉の方が怖かった。

（4）

悩みが尽きない日は、心の中の木がリフレインのように繰り返す。

そんな必要はないと。

そんな必要はないと。

この本とCDを企画してくれたピチェ社のイ・ヨンヒ先輩に感謝。二十四歳のとき、はじめての職場で先輩と知り合って、いつのまにか十数年の大切な縁になった。真心をこめて本を作ってくれた編集部のハ・ジスンさん、ありがとう。自分のことのように励まして、快く手伝ってくれた友人知人にも、心から感謝の言葉を伝えたい。

自分の楽器に向かう演奏者の姿は美しく敬虔だ。ペク・ジュヨンさん、チェ・セヨルさん、チョ・ジェボムさん、キム・ウナさん、イ・チャンヘさん、ありがとう。誠実に歌ってくれたイム・ジヌンさんもありがとう。この作業をきっかけに友だちになったハン・ジョンニムさんには、ありがとうという言葉では感謝の気持ちを伝えきれない。

大きくて暗いスタジオでヘッドホンを耳に当てて、かざす盾もまとう鎧もなく、一糸まとわぬ姿になった気分で歌った。はじめての場所、はじめての作業で、自分が少し震えているのが聞こえる。音程やブレスも心許ない。ゲストの歌手が歌い直してくれることを切に願ったけれど、頑固なジョンニムさんと押し問答の末、諦めた（私よりも私を愛するあなた、という歌詞があったけれど）。下手なら下手なりにいこうと彼女は言った。ただ、心だけを飾らずに込めようと。

ほんとにそのとおりだ。飾らない心だけ。はじめて歌をくちずさんだときに感じた、癒しとぬくもり。こっそり隠しておいた灯《ともしび》のような心が、あなたに届くことを祈るばかりだ。ただ、あるがままに……。淡々と、そんなふうに。

＊【私のために泣いてくれる柳の木】詩人の李允學《イユンハク》（一九六五〜）が一九九七年に発表した詩集の表題作。

＊【芸術の殿堂】音楽・演劇・美術などの施設が集まったソウル・江南の複合芸術空間。

再びごあいさつ

（1）

しんしんと冷えて、街に人影はありません。東の空が白む直前の瑠璃色の空は、言葉では言い表せないほどの美しさです。

生きています。

そう感じられます。

（2）

東京にいた李箱《イサン》が金起林《キムギリム》に宛てた手紙を読んでいたのですが、堪《こら》えきれなくなって、スニーカーをつっかけたまま外に出てきたところです。来てほしい、手紙をください、落書きでもいいから送ってください。二十七歳の李箱が東京の納戸みたいな部屋で書いた言葉の数々。苦しくて絶望しています。手を握ってください。耐える力をください。

これ以上は読み進められないと思うほど心が痛いのは、彼の運命をすでに知っているからです。彼が東京に行こうとするも許可が下りない場面では胸をなでおろし、「とうとう東京に来たぞ」という手紙には息が止まります。日に日に痩せ細っていって、夕方に発熱と喀血、ガソリンのにおいに吐き気を抑えきれないという場面は、彼がもうじき死ぬことを知っているから余計に苦しいのです。彼はまだ知らないけれど、私はすべての日付けまで知っている彼の未来。あと一ヵ月だけ滞在したら帰らなきゃという誓いも、帰るわけにはいかない——このままでは決して、という誓いも不憫でなりません。

外に出れば心が落ち着くと思ったのに、あちこちから彼の独白が聞こえてくるようです。平静を装って金起林の安否を尋ねたり、最近になってはじめたというバレーボールは面白いかと軽口をたたいたり、夕方に聴いてきたバイオリン演奏について評したりしている声。でも、心の中で切実に叫んでいたのは「来てほしい。どうかここに来てくれ」。

(3)

誰もいない道を渡って水辺に着くと、相変わらず柳の木々がぱさぱさの髪の毛みたいな枝を垂らしています。その中でも私になにかを話しかけてきた柳の木は、まるで私の顔みたいだと思っていたけれど、最近はその木よりも下流にある、どっしりとした広葉樹に心惹かれています。もしかすると私の心の中の顔は、時間の中で徐々に揺るぎないものへと変わってきているのでしょうか。

この木は私よりずっと若いみたいです。十五歳から二十歳のあいだ？　空に向かってどの枝もすっくと伸ばして、冷たく澄んだ大気の中で静かに揺れています。もう十年もすれば、こんもりとした姿を見せてくれることでしょう。さらに二十年、三十年、四十年、私がそれ以上見守ることのできない時間を越えたとき。

『私のために泣いてくれる柳の木』を書いた李允學《イユンハク》はこんなエッセイを書いています。帰郷して桑の苗木を見ながらひとり言をつぶやく話です。生い茂る若葉のようなあなたの未来、あなたの運命を私は知っていると。私があなたの運命を見ているように、誰かも私の運命を見ているのだろうと。それを私も見たいのだと。

（4）

息を引き取る百日ほど前に李箱が書いた手紙に、こんな一節があります。

「……命――その中にしか無限の喜びはないことを誰よりも知っているから、もはや身動きがとれないところまで転げ落ちてしまった自分をまじまじと見つめながら、命に対する勇気、好奇心といったものが日に日に薄れていくのを自覚しております」

命の中にしかないことを知っていると彼が告白した無限の喜びについて、勇気と好奇心について考えています。じっくりと考えています。

（5）

いつだったか、こんな夢を見ました。夢の中の私は、また別の夢を見ていたのですが、その夢から覚めた瞬間に二行の文章を思い出したのです。

つまり、人生には何一つ意味がない。
できるのは光を投げかけることだけだ。

どういう意味だろうと考えていると、キム・チャンワンと彼の兄弟たちが自転車に乗って、私の背中をかすめて通り過ぎながら叫びました。

そのとおり！　僕たちは暗いのが嫌いです。

両方の夢から覚めると、はぁ、荘子*でもない私は、どれが本物の私かわからなくなってしまいました。

（6）

カフェ「ワルツ」で曲を選んだときに入れなかった歌の歌詞は暗めです。いっそのこと井戸の中みたいに真っ暗だったら、その闇に光が漂うこともあっただろうけれど、ある意味では中途半端に暗い歌でした。抜き出しながら少し惜しい気もしましたが、今は正しい選択だったと思っています。この本も、同じような思いからたくさんの文章を抜きとりました。

私は自分の運命を知ることはできないから、今できるのは光を投げかけることだけだから。燦々《さんさん》とした光ではないとしても。おぼろげな、まだ光の子どもみたいな、なにかだとしても……。命の中にしかない無限の喜びが、ほのかなぬくもりほどでも構わないから、私の拙い歌に宿っていることを願っています。これはなに一つ意味のない願いだということを、でも意味がないからこそ、かろうじて生き残る願いなのだということを……。ようやく少しはわかったような気がするから。

＊【荘子】（紀元前三六九年頃～紀元前二八六年頃）中国戦国時代の思想家。

訳者あとがき

本書は二〇〇七年に韓国のピチェ社から出版されたエッセイ集の邦訳である。著者のハン・ガンは二〇一六年に『菜食主義者』（二〇〇七年）で、アジア人初のマン・ブッカー賞国際賞を受賞。韓国のみならず海外でも話題となった。日本では受賞する五年前の二〇一一年に、「新しい韓国の文学」シリーズ第一作として『菜食主義者』（きむ　ふな訳、クオン）は刊行されており、文学好きの間では知る人ぞ知る名作として愛されてきた。現在は『少年が来る』（井手俊作訳、クオン）、『ギリシャ語の時間』（斎藤真理子訳、晶文社）が刊行されており、『そっと　静かに』は日本語で読める四番目の作品、そして初のエッセイ集となる。

本書がどのような構成か簡単に説明すると、第一章「くちずさむ」は、子どものころから現在に至るまで、著者にとって音楽がどんな存在だったかが綴られている。第二章「耳をすます」は、記憶の端っこに今もぶらさがる著者の思い出の曲について、第三章「そっと　静かに」は、著者が作詞作曲を手掛けて自ら歌った曲の歌詞と、そこに込めた想いが描かれており、原著にはそれら十曲を収録したCDが添付されている。巻末のQRコードからアクセスできる「ハン・ガン　オリジナルアルバム」は、邦訳のために著者が再構成したもので、第三章「そっと　静かに」から「十二月の物語」と「さよならと言ったとしても」の二曲と、詩集『引き出しに夕暮れをしまいこんだ』（未邦訳）から二作品を著者らが英語と韓国語で朗読したもの、著者による『少年が来る』の一部朗読を収録した。また、第四章「追伸」の「ごあいさつ」は、原書ではまえがきに相当する冒頭に書かれていたのだが、今回の邦訳刊行にあたって日本の読者へのあいさつを著者から新たにいただいたため、「ごあいさつ」を第四章に移したことを申し添えておく。

＊

二〇一三年七月。都内のホテルのロビーで待ち合わせをしていた。ほどなくして、トレードマークの黒いワンピースを着た女性が近づいてきた。本書の著者、ハン・ガンだ。その年に開催された東京国際ブックフェアのテーマ国が韓国で、彼女を含む多くの著名な作家や詩人、文芸評論家が韓国から来日した。私は彼女がシンポジウムに参加して帰国するまでの三日間、通訳を担当することになっていた。だが、シンポジウムに参加するのは三日間のうち半日だけで、残りはほぼ自由時間。簡単なあいさつを済ませると、自由時間はどこに行って何をしたいか尋ねてみた。「時間の許すかぎり、美術館に行きたい」という答えに、趣味が同じだと一人うれしくなったことを今も覚えている。

それから三日間。美術館を巡りながら、食事をしながら、お土産を選びながら、色々なことを語り合った。小さな声でささやくように話す人だから口数も少ないのだろうと勝手に想像していたのだが、プライベートな話題から彼女が日本に来るたびに思うことなど、話は尽きなかった。その中で特に印象的だったのはやはり、本書に何度も登場する「書きたいのに、書かなければいけないのに、書けなかった」時期についての言葉だった。二〇〇五年の李箱文学賞受賞、二〇一六年のマン・ブッカー賞国際賞受賞といった華やかな経歴に目が行きがちだが、「今こうして小説が書けているのは、『そっと　静かに』の存在がとても大きい。とても大切な作品だ」としみじみ言われたとき、穏やかな笑顔の裏に秘められた彼女の苦悩や涙、尽きることのない創作への情熱を感じ、すでに翻訳を担当することが決まっていた私は改めて身の引き締まる思いだった。

本書の「紙のピアノ」に感動して、すぐに翻訳出版を決めたというクオンの金承福社長、はじめてのエッセイ翻訳に行き詰まって相談するたびに、きめ細やかなアドバイスと声援を送ってくださった編集の藤井久子さんをはじめ、編集に携わった皆さんに御礼申し上げます。どうしても全文を載せたかった『Gracias a la Vida』訳詞の転載を快く承諾してくださった水野るり子さん、本当にありがとうございました。

二〇一八年　青葉の季節に

古川綾子

ハン・ガン
オリジナルアルバム

＊ 詩二篇　著者朗読（英語・韓国語）
「漆黒の光の家」
「鏡の向こう側の冬」

＊ 小説『少年が来る』著者朗読（韓国語）

＊ 楽曲「さよならと言ったとしても」（韓国語）
作詞・作曲・歌 ハン・ガン

＊ 楽曲「十二月の物語」（韓国語）
作詞・作曲・歌 ハン・ガン

---

http://www.han-kang.net/archive/sound

ハン・ガン〔韓江〕

1970年、韓国・光州生まれ。延世大学国文学科卒。
1993年に季刊『文学と社会』に詩を発表、
翌年のソウル新聞新春文芸に短編小説「赤い碇」が当選して文壇デビュー。
2005年に『菜食主義者』で韓国で最も権威ある文学賞とされる李箱文学賞、
2016年にイギリスのマン・ブッカー賞国際賞、
2024年にノーベル文学賞を受賞した。
小説や詩のみならず、絵本や童話の創作や翻訳も多数手がけている。
韓国小説文学賞、今日の若い芸術家賞、東里文学賞など受賞多数。
公式サイト　http://www.han-kang.net/

古川綾子〔ふるかわ　あやこ〕

神田外語大学韓国語学科卒業。延世大学校教育大学院韓国語教育科修了。
第10回韓国文学翻訳院翻訳新人賞受賞。神田外語大学講師。
訳書にウ・ソックン『降りられない船――セウォル号沈没事故からみた韓国』(クオン)、
パク・ヒョンスク『アリストテレスのいる薬屋』(彩流社)、
ユン・テホ『未生　ミセン』(講談社)、
キム・エラン『走れ、オヤジ殿』(晶文社)などがある。

そっと　静かに
新しい韓国の文学 18
2018 年 6 月 25 日　初版第 1 版発行
2024 年 12 月 10 日　第 2 版第 3 刷発行

〔著者〕ハン・ガン（韓江）
〔訳者〕古川綾子
〔編集〕藤井久子
〔ブックデザイン〕文平銀座＋鈴木千佳子
〔カバーイラストレーション〕鈴木千佳子
〔DTP〕廣田稔明　アロン デザイン
〔印刷〕大盛印刷株式会社

〔発行人〕
永田金司　金承福
〔発行所〕
株式会社クオン
〒 101-0051
東京都千代田区神田神保町 1-7-3 三光堂ビル 3 階
電話　03-5244-5426
FAX　03-5244-5428
URL　https://www.cuon.jp/

ISBN 978-4-904855-70-6　C0097

日本音楽著作権協会（出）許諾第 1801738-801 号